301 vol.2

ダダダダウッピー

301は、俳句・短歌を共通言語に、多ジャンルのメンバーが集い、新たな視座や活動領域を作って行く場である。

301 vol.2
ダダダダウッピー

目次

表紙・カバー絵／山本真也
装丁／嵯峨実果子
編集・デザイン／嵯峨実果子
DTP ／（株)JWS 山田剛史

粒の間

鈴木春菜

泉より石のいろいろ見えてきて

草青むもう一度開く手紙

止め石の向こうに続く春の水

手が見える半分見える襖開く

新年を喜ぶように椅子を置く

短日の私の分の洗いもの

車走らすエンディングのような月

葉生姜や何かに憧るる大人

颱風のただ中にゐて台所

帰るのは弱冷房車の走る街

行く春や電気はつけなくていいか

バスケットゴールの雪を落としけり

大きくも小さくもない零余子炒る

とうもろこし粒の間に入れない

鈴木春菜

三十代。句会がたのしい。

蚊帳の外
虫螻
恋慕
瀝青の路

山口凜

蚊帳の外

根暗には祭りの風がつらいので日本代表早よ負けてくれ
宴する蚊帳の外にも友はあり血に酒混ぜて君に振る舞う
十五夜にしたり顔する満月や別にお前は光ってないよ

立て看を除けてしつらう銘板にペンキで塗った自由の二文字

虫螻

背の色は遥かな地への憧れか高くは飛べぬ霞椿象《カスミカメムシ》

道端で仰向いているアブラゼミやぶれた羽は運ばれてゆき

虫けらがぽとりと落ちるいつの日かぼくらもぽとり。或いはぴしゃり。

潰された蚊が僕の血をぶち撒ける僕も死んだらこんなだろうか

容赦なし。ツクツクボウシの初鳴きに夏の終わりは間近と思う

辞書にある鎹の子というよりは楔であった幼い僕は

恋慕

男子校育ちだからわからないけど多分シャンプーの香りだと思う
太陽が［H］と［He］だとしてもそれ以上だと思えるだろう？
ままごとを放り出されて野獣《のけもの》は君にあうため人間になる

明日の朝強張りきったこの喉はどんな「おはよう」を鳴らすだろうか?

僕はもううんざりですよ社会から恋だの愛だの聞かされるのは

瀝青の路

外套のボタン外して暖かい夜を惜しむの。三寒四温

世界一やさしい顔の食べ物を選ぶとしたらクタクタうどん

懐かしい歌が沁みるよTシャツのロックスターの割れた唇

風邪引いて横になっても鼻水の波立つ音でまだ眠れない

目覚めては血が出るほどにかきむしる夜も止まないセミを聴きながら

雨雲が瀝青色《れきせい》をした路を赤と黄色と緑で浸す

燕の仔が母を見て歌をうたう愛らしい眼で生贄を待つ

海原が空の灰色を飲み込んで船は飛んでく飛ぶ夢を見る

それぞれの道へ別れた友達が僕の京都の半分だった

八月二十一日

昔のことを思い出すのが好きだ。同じ映画を何度も見て楽しむように過去を味わい直すのである。

過去を振り返るうちに、浪人をしたあたりからこっちの記憶は自分の思考まで含めて鮮明に思い出せるのに、高校入学あたりより前については、その時何をしていたかは思い出せても、何を考えていたのかは全くわからなくなっている事に気がついた。

それは多分、最近の記憶だからよく覚えていられるという事ではなく、高校入学前は本当に何も考えていなかったし、高校を卒業して漸く自分の頭で考えて行動できるようになってきたのだと思う。

かつての私は一体何で動いていたのだろう。

血の道は今日も歩行者天国

嵯峨実果子

あらかじめ巻き込まれたる指紋かな

春霙どっちつかずのまま歩く

鏡台に忘れ去られし子安貝

春近し狂ったやうに服を買ふ

仏の座揺れる木の下神はまだ

春園のまん真ん中で絶叫す

あやまたず来し今ここか山笑う

春陰や薬の効き目待つあいだ

ひかがみも温められしうららかな

月日貝しばらく連絡とれません

春苺よごす練乳牛の笑み

まだ知らぬ地面もありや蜆掘る

春深し切っても切っても煉羊羹

正座して製氷皿に水ならぶ

自販機が全部つめたい半ズボン

百合の香や骸のなかにある未読

眠りかた忘れた体苔茂る

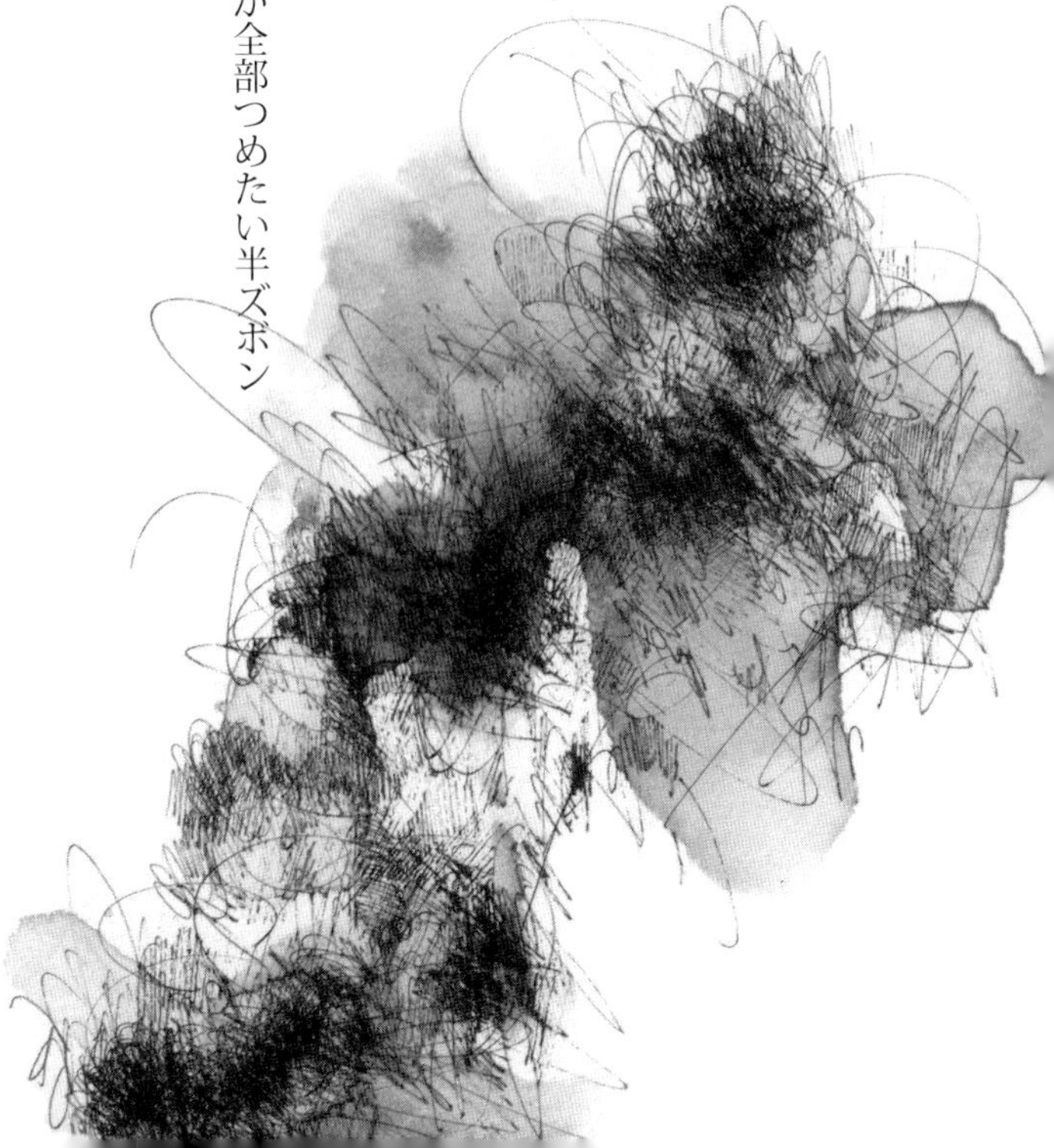

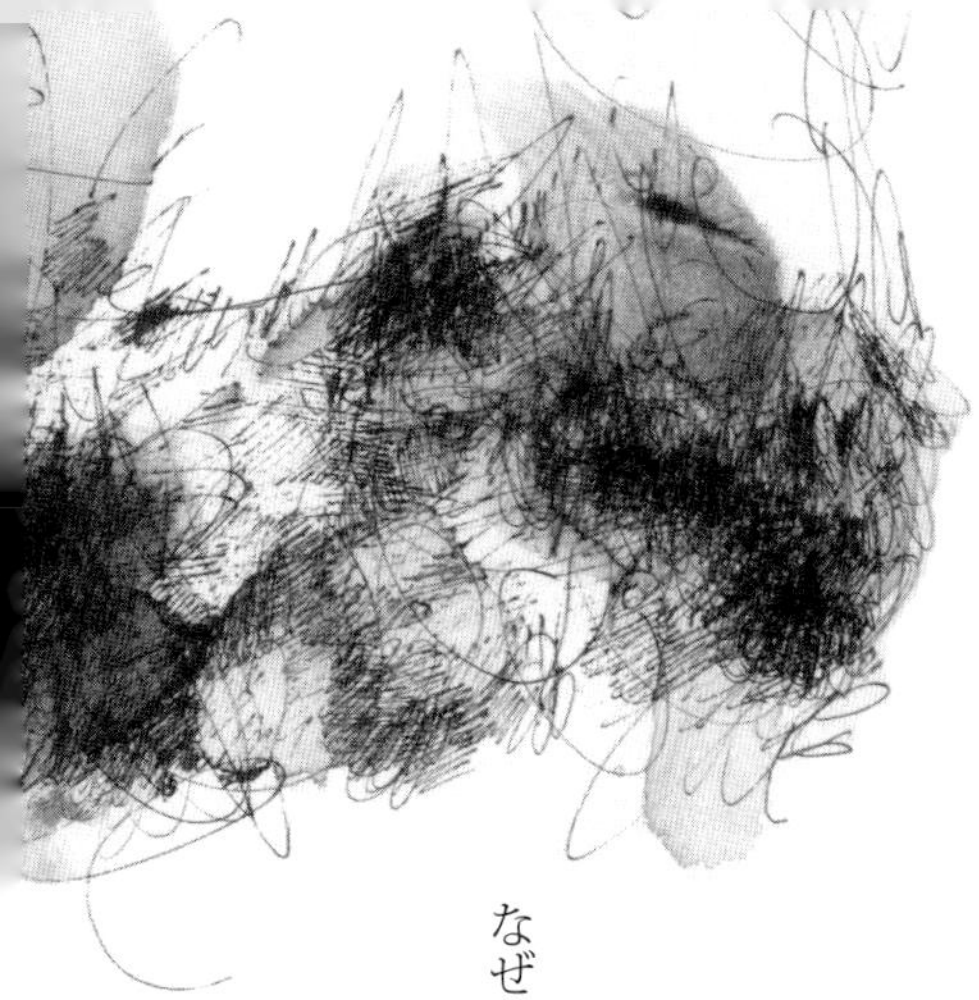

笑顔の奥に限りある永久歯

空室のままでも子宮百日紅

松虫やさよなら清涼飲料水

真似事で足りる日もある赤まんま

なぜ私このかたちなの何首烏芋

はららごや選べないこと舌の上

気づいたら私はあった落花生

重ね着の尽きるところにひとつ臍

答えずにおくべき問いと仏手柑

骨壷に満天星躑躅生ける人

言うか言うまいか懐に寒卵

毛糸編む棒につらなる筋繊維

リアリズムは馬鹿にできない海凍る

もはやその肌脱ぎ捨てて我を抱け

腑の底にじっとしてをり寒鰈

寒の水蛇口から飲む斑の猫

セーターの網目のうちに我獣

雪催身に覚えある重さかな

脈々とまぐわい果てぬ冬銀河

白葱の先端と君アンダンテ

初星や目醒めてみれば皮フの外

蝋梅のやうに貴方を騙したし

手をはなす準備の時間つはの花

どれもみな終わりつつある蜜柑かな

枝交わす紅梅よりも赤き舌

風船に留め置かれた兄の息

それぞれの肌をことほぐ春障子

何処にも事情ありなむ山椒の芽

春駒や女でいいと思つた日

誰ひとり知らぬ痛みに田螺鳴く

私はダンサーでもある。「型」をインストールするには時間を要するけれど、徐々に身体化していく過程で、野放しのままでは通り過ぎていたであろう細やかさに気づかされることが多くある。

過去無数の身体によって受け渡されてきた型は、そもそもは形のない衝動を宿した身体を現前させる強固でありつつ浸透性を備えた器である。しかし型はその内に安住するためのものではない。

私にとって俳句という形式は、自分で詠むにせよ他者の作品を読むにせよ、型から言葉に触れることで生まれる躍動や振動を受け取ることである。

型から世界をまなざすことによって見えてくるものがある。

形式があるが故に引き出されるものの動力を借りて、刹那的な自力だけでは到達できない場所、脈々と脈打つ身の内に降りて行こうとする欲望によって、私は俳句というものをやっているのだと思う。

嵯峨 実果子
1983 年京都生まれ。嵯峨実果子は実在の人物ではなく増田美佳によって作られた架空の文筆家で、増田美佳は嵯峨実果子のゴーストライターである。この関係性はペンネームですと言えば 5 文字で説明がつくか、あえてこのように名乗っている。
増田美佳はダンサーである。これまでに様々な舞台作品に出演している。嵯峨実果子は展覧会『パラピリオの森』、ツアーパフォーマンス『Kawalala- rhapsody』で作品の主軸となるテキストなどを執筆する。
2018 年度京都芸術センター Co-program カテゴリー C：共同実験に採択され『mimacul（ミマカル）』文体と歩く半年間のワークショップを開催。成果物として冊子を出版。以後『mimacul』はジャンル横断的に活動する流動ユニットとして主宰する。
『ミことば』で平成 27 年度第 33 回世田谷文学賞 詩部門受賞。
ウェブマガジン CLASSROOM Mag にてコラム『惑生探訪記』を連載中。

新築1K月5万
ベン・アンド・ジェリーズ
刹那主義
ワン・ナイト・サマー
醤油、じゃがいも、ミイコエサ
干物女

宮嶋千紘

「新築1K 月5万」

最後まで電子レンジの端っこに溜まるパン屑みたいな一日
仕事とか恋愛だとかも捨てちゃって一、二、三！で宇宙に飛びたい
もし僕がダンクルオステウスならばあんな男に負けてなんかない
成り行きに任せる人生抗いてしゃもじに縋る米粒は僕
お砂糖もミルクも無しでと頼んだ日 ああ、 もう僕は天使になれない
最終の電車の床が浮いていく 酩酊僕を月まで運んで

お金を稼ぐのって疲れる。バイトの延長線上だと思っていたのに。あいつ。キツネ目の嫌なやつ。学生気分が抜けてないとかこれだから新卒は、とか言うやつ。すぐゆとり世代で一括りにしたがる嫌なやつ。五月病ってこうゆうことを言うんだろう。そうだ、こんな時は思い切ってお一人様で飲みに行ってしまおうか。金曜の夜は酔って騒いで潰れて忘れるのが大人の嗜み方ってものらしい。今日はシャンディガフじゃなくてビールを頼もう。最近はコーヒーもブラックを飲めるようになった。

見てろよ弊社。来週の僕は一味違うだろうから。

「ベン・アンド・ジェリーズ」

この間好きだと言ってたあの曲を予習していく手帳に♡

「そのアイス一口頂戴」の一言に「誓います」まで想像してみる

花占いなんて信じてないけれど 好き嫌い好き嫌い好き 好き

意を決して押す送信は人参のグラッセを口にするのと似ている

下敷きの風が少女の髪揺らす 春を纏ったセーラーの青

先生の通う大学はB判定だった。前回の模試は我ながらいい出来だったと思う。先生、この間はありがとうございました。外国のアイスなんて初めて食べました。サーティーワンよりもずっと甘かった。先生が貸してくれたシェイクスピアの「ロミオとジュリエット」面白かったです。読めない単語もあったけど、辞書で調べたよ。ねえ、先生の通ってる文学部って、面白い?英語は苦手だったけど先生のおかげで先週の期末テスト、九十点だったんだよ。もっと頑張ったら私も文学部に入れるかな?

ああ先生、先生はどうして私の先生なんだろう。

「**刹那主義**」

陽炎の溶ける真夏のアスファルト歩けば気分はハードボイルド
何となく味見がしてみたかっただけ それだけなのに泣いちゃうなんてさ
一人咲く君は寂しいカンパニュラ 手折りつつ行け夏のケダモノ
僕たちも大丈夫だってほら雨も海に落ちては空へ帰るし
黙り込む二人の今日に終止符を 閉まる扉にご注意ください

すぐ泣く女は好きじゃない。せっかくのかわいい化粧がパンダになってしまった。今が楽しけりゃいいって言葉、嫌いじゃないんだけどな。今が楽しめなくて未来が楽しめるわけないし。刹那主義ってやつ。あれ、もしかして俺今良いこと言った？付き合うとかよく分かんないけど、一緒にいて楽しかったらそれでいいじゃん。飲み会の報告とか記念日とか嫉妬とかさ、なんか息苦しくない？って思うのは俺だけ？行き当たりばったりもなんか冒険っぽくて面白いと思うんだけどなあ。ほらもっと気楽にいこうよ。なんで黙っちゃうの？

本当に、女ってこうも難しい。

「ワン・ナイト・サマー」

朝焼けに染まるタオルは乳色で私の涙は拭けそうにない

嫌いなもの：江國香織の描く女（+その子に重なる自分）

食べる気も失せて珈琲チョコ煙草　私の失恋三大要素

白線の内側までお下がりください 君の行くなはまだ聞こえない

明くる秋 恋も次第に残り火となりて二人に冬は越せない

あの夜の、あのお店の、あのサングリアがいけなかった。始発電車は五時十三分に来る。何度か乗るうちに覚えてしまった。割とすぐ人を好きになってしまう方だ。でも結局なんだかんだでうまくいかない。お酒が好きだとか、ノリが良いだとか、胸元のあいたキャミソールが一張羅だとか、多分こうゆうところ。声をかけられて話しているうちに好きかもって思って、そこからはあんまり覚えてない。やっぱりあのサングリアがいけなかった。何度か会ってみてもあの人の彼女にはなれなくて、もうすぐ秋がくる。

お気に入りのキャミソールは寒くてもう着れそうにない。

「醤油、じゃがいも、ミイコエサ」

向日葵の太陽に向かって伸びる度 神は彼等の言葉を分かつ

飯まだか頭を撫でろもう飽きた 我が儘ミイコの瞳は飴色

夕立のせいだとタオルが泣きながら 帰った私は夜を取り込む

猫になり機関車になり蜂になり 吾子の心を育てゆく雲

昨冬に剪った梅にも春は来て チィと雲雀がミイコを呼びます

カレーに唐揚げ、ハンバーグ、焼きそば。子供の好きな食べ物は茶色い。おまけにミイコのキャットフードも茶色い。春夏には色とりどりの花が咲く我が家の庭も冬になると殺風景で少し寂しい。冬限定でピンクのカレー、緑のハンバーグ、青色の焼きそばにしてみてはどうか。きしょいか。そうですか。お腹の上のミイコがコロコロと音を立てている。あと十五分、いや三十分したら味付けしておいた鶏肉を揚げるとしよう。

午後五時、もうすぐ泥だらけの怪獣たちが帰ってくる。

「干物女」

忘れられないことの方が多くって蕎麦よりうどん派だとか云々

僕たちはスルメのようには行かずともガムのようでは決してなかった

恋なんてしないと決めた耳元で立ち向かってくる槇原敬之

マグカップ借りたパーカー歯ブラシもセピア色 もう春は来ている

恋愛も悪くないぞ、 とカタバミがそっと私に囁いた午後

今月に入って既に二回目だ。このネイビーのドレスはさすがにもう着ていけないかな。これが世に言うご祝儀貧乏。高校の親友、会社の同期、従姉妹の愛ちん。白無垢がすごく似合っていた。この間まで小さな妹みたいだったのに。私もそろそろやばいかもしれない。でも仕事が好きだし。家事より外でバリバリ働く方が性に合っている。って言い訳をしながら逃げてきた負け惜しみの二年間。君に借りっぱなしのパーカーもペアのマグカップも二年分の埃を被って今も同じ場所にある。「好きな人ができた」ってアレ、かなり効きました。でももう捨てるね。写真もネックレスも悔し涙も未練も全部。

ゴミ袋を抱えて外に出ると、ツンと爽やかな風が春の訪れを告げていた。

みやじま　ちひろ

１９９４　０９　１７

Ｏ型　乙女座　大阪生まれ

好きなもの：猫、もつ鍋、読書、香川照之

苦手なもの：にんじん、採血、細かな作業

２４歳、夏。

次にする恋はスルメでありたい。

四月十四日から、ずっと遠く。

ワイルドファンシーコンプレックス

中村公

四月十四日から、ずっと遠く。

皿のヒビ眺るほどに刻まれて
晩春や何もせずいるここにいて

逆光が見えなくさせて胸揺らす
ワタクシの胸を跳ね飛ぶ桜蝦

光明と言われてみれば変わる夜
花疲あれこれ聞かれても困る

もういいやと思うほどに鮮やかや
蟹の目に負ける想いはジブンかな

岩の熱で焼いた玉子みたいな眼
初夏の陽に凛としている事にして

うな垂れた分だけ飲めるコカコーラ
炭酸水気が抜けるまで会えたら

永遠と垂れ流させろ私事
夏至の日や明けない夜みたいに雨

喪失を紛らす友や涼しげに
これってさアイリスって言うの知ってる

空気が濡れて音楽重くなった
寝付けない口実にして熱帯夜

ファイトケミカル重視のあいつかな
夕凪を気取る丘下の公園

思い出反復横跳びあと五回
秋近し襲うまだこのままでいて

空を見ろ誰も見てはいない空を
天の川頑張る我に良い設定

あなたのこと思い出すの減っていく
母の背に惑う迎火名残惜し

父上と計十分の語らいや
名月やなんかおかしくなったみたい

何もない熱の残り香だけの時
九月にどうしようもなく飽きていく

発熱と心細さを混同し
藍の花忘れたものが深くなる

遠くを見てる間に忍ぶる嘘
秋さりし烏龍茶くらいの葉かな

歯茎がさなんか硬くなったかも
掃除機を切りて忽ち秋思かな

もう一度言う国民体育大会
石坂に握り潰した檸檬かな

手が冷えて紅茶を入れて飲む気かな
冬浅し逆に身体はふかしけり

魂が熱を帯びるの見てて欲しい
浅漬けにして何回も漬けるんるんるん

右胸の少女のアンテナ澄まされて
クリスマス気にならなくる方法

なんとなく繁華街を歩いておく
冬日和半年前を思い出す

もういいかいもういいよと言えそうな
走り回りて息切らす十二月

ええ加減にせいと言ってばかりいる
しばれるわだからもう家帰っていい

父と母会う回数を数えれば
言い訳を探し疲れた名残の空

そういえば忘れていたと喜んだ
一月を腑抜けを誘う罠にする

極まれり鋭利な刃の如しチョコ
二月尽糸は切れずに弛みだす

どこかではずっと今を望んでる
猫の恋我の恋と共にあらん

ぼんやりとして落ちた皿かけにけり
仲春に眺める人は朧げに

螺旋を編む少しは大人になった
我ありて彼岸の後はスーパーへ

ワイルドファンシーコンプレックス

「私の髪、どう?私の髪どうなのよ。ええ。」

黒髪ストレートロングのカツラを被った埴輪が執拗に問い質してくる。脳裏にこびり付いて剥がせないイメージが何度も反芻する。

「ていうかさ、カツラやん。おまえの髪ではないよね。そのカツラは良いと思うよ。何というか、乾いた感じ、パサつきが無いよね。しっとりしてる。」

「いやさ、いやさあ、私の髪なのよ。だからしっとりしてるわけ。だから、私の髪どう?私の髪どうっ?」

「そうやって、髪を振り乱して、毛先を顔にパシパシ当ててくるのやめてもらえますか?」

「顔の近くでフローラルの香り漂わせてるのよ。で、香りはどう?香りはどうなのよっ?」

「香りは凄く良いです。でもその空虚な表情とはミスマッチが過ぎる。逆に無臭であってほしいよね。というより、なんか芳香剤みたいだよね。お前のその形がそう感じさせるのかね。」

「そんな事言ったら私泣いちゃう。完全に無表情ですけど、私。すっごく悲しいよ。こんなにも感情が溢れてるのに、私の顔面カチカチだから。?ねえ、私の顔どうっ?」

　埴輪に象られた目の穴の闇の奥からドロッとした透明な液体が流れ出して、それが純粋な涙のように見えて、表情一つ変えないのにその顔には確かな悲しみが宿っているように思えた。少しだけ埴輪が愛おしくなった。

「ごめん。髪も顔も香りも素敵やと思うよ。」

「本当に。ありがとう。じゃあさ、私の事割れるくらい抱きしめてよ。抱きしめてって言ってるのよっ〜。」

埴輪はこれまで二人の間にあった約二メートルの間隔を急に小走りで詰めてきて、カチカチのその身体で俺の胸に飛び込んできた。

「ちょっと、待ってってって。」

俺は、空虚な埴輪の顔面に思いっきりグーパンチをいれた。パシャンと気持ちの良い音が鳴り、埴輪の上半分が見事に砕け散った。カツラは下半分の空洞の中に落ちすっぽり入り込んだ。

「引くわ〜。マジで引く。それは無いでしょ。割れてもさ、元に戻せるけどさ。継ぎ目を繋ぐ粘土は新しいからっ。そこだけ色味が変わってしまってしばらくはマジ目立つから。時が経っても、完全には消えないからね。マジ信じらんない。」

自らの空洞に手を入れ込んでカツラを取り出し、傍に丁寧に寝かせ、十片程度に散らばったかけらを拾い集めながら、グチグチと愚痴をこぼしている。その姿を冷ややかかに眺めていると、割れた胴体の空洞の奥が仄かに発光し始めて瞬く間にあたりは光に包まれて何も見えなくなった。

「何、何、何。目がやられる。何なの。めっちゃ光ってるやないかい。もうちょっと光量を抑えて。目がヤバい。痛めてしまう。」

「無理だよね。自我を納める器が壊れてしまってるからね。器ダダ開き状態の間に気持ち取り乱してしまったからもう手遅れ。器から溢れた自我はセカイにまた帰って同化していく。さようなら。私の髪、結局どうだった？本当にもう。あなたのせいなんだから。だからこの器をあなたが治して、世界から私だったほんの一部の要素でもいいから探してすくい出して、この器に再び込めて。私をもう一度作り直して。でも、それで生まれた埴輪はもはや私じゃない。でも、私だった頃のかけらを含んでるなら、あなたの事を記憶じゃ無い、別の何か、五感?がちゃんと覚えている。だからその時、新しい私にちゃんと答えて。私の髪どうだったか。」

「はっ?何言ってるん。全く話についていかれへんからな。埴輪の魂の込め方とか知らんしな。そもそも誰が作ったわけ?それだけ教えてくれへん?できる感じなら作らんこともない。壊してしまったのは申し訳ないと思ってるしそれは謝るごめん。だから、まあ、作り直すよ。何よりまず方法教えてくれんか。」

放たれた光が飽和し、その反動のように光は収縮して再び一点に集まりもとどおりに。そこには黒髪ストレートロングのカツラを被って発光する埴輪がこっちを見て立っていた。

「治す必要ないやん。お前はさっきのお前なのかい?」

「はっ?意味わかんない。意味わかんない上でさ、私の髪、どう?私の髪どうなのよ。ええ。」

「お客様。ご注文はお決まりでしょうか?」

「えっと、アイスコーヒー一つお願いします。」

店員による注文の催促によって、何度も何度も頭で繰り返される埴輪との脳内寸劇が中断する。店に着いて席に座り左手でお冷やのコップを握りしめたまま窓の外を眺めていた。左手の手の平がコップ全面に纏われた結露でビシャビシャに濡れていた。おしぼりで手を拭いながら、店員に顔を向け慌てて注文する。注文を受け去る店員の背中を目で追い、そのまま店内を見渡してみる。客はまばらで席数も限られている。店内の時計を確認すると時間は十六時十五分。十分程度は上の空だったようだ。程なくして、アイスコーヒーが運ばれてくる。縦長のグラスに漆黒の液体が満ちている。髪の、紙の包装を破いてストローを取り出し、グラスに差し込んで理由なく掻き混ぜた。その時にはもう、俺の脳はグラスにはっきりとした埴輪の姿を浮かび上がらせていた。ここ数日は、埴輪とのやりとりが頭を支配して、気づけば埴輪と会話してる。同じ件が少しづつ変化して都合よく気持ち良い落としどころを求めて彷徨っている。まるで脳内に張り付いたガムのようだ。早く剥がさなければ面に固着して硬化してもはや自身の一部のようになってしまう。剥がそうとすればするほど強く意識してしまい、気づけばその事を考えている。剥がしたくても、剥がしたくない。考えたくないという理性と考え続けたいという欲望がぶつかり合う。ぶつかり合って欲望が勝つ。それってもはや麻薬やん。過剰妄想症候群。そう名付けさせて欲しい。だから、この妄想癖には辟易して、辟易しながら、金輪際止めようと思いながら、、、傍で思いながら、ずっとしてる。もうずっと。生まれて三年程度の後、母に乳母車に乗せられ公園を散歩して、その間ずっと空を眺め、そこに浮かぶ雲の形から始まった連想からずっと。「ママ〜、雲がアイスクリームみたいだ〜よ〜。」から「カツラの埴輪」までずっと。ずっとの数が多くなってきてなんか拙くなってくる。それだけずっとしてる。[ずっと、　　　　]という空欄が何の脈絡もなく問題文もなく眼前に現れたら、あらゆる謎解きを数日試みた挙句[ずっと、妄想してる。]と最後は迷いなく書き込むだろう。某女性ポップシンガーは会いたくて、とにかく会いたくて、震えていた。私がポップシンガーならずっと、ずっと、とにかく想っているのだろう。代表曲のタイトルは「ずっと。」サビのフレーズは「ずっと、ず〜っと。ずっと〜。ウォウウォウイエ〜」だろう。それだけ「ずっと」とは俺にとって存在の前提の少し前に鎮座する妄想の事を指した。

夢中になれる夢、趣味、勉強、自慰、恋、いわゆる目的、そんなものよりはるかにずっと。それら全ては妄想という時間にとり込まれ、妄想という時間に排除される下位行動でしかなかった。脳が拒否不能の電波をずっと受信してる。未来が制御し得ない妄想電波の指針によって、救われたり、殺されたりしていた。そして眼前の石橋を渡る手前でそれは、見事に多くの石橋を叩き割った。無意味なようでいて、無意味ではないのが妄想だった。無邪気な夢とまるで見分けのつかなかった妄想癖。やがて、恐れや怠惰を知り、心の底面に広がる心象世界で、それに向き合えなかった自身の弱さを曖昧にする為担ぎ上げられた、自己防衛の暴君や、いつまでも行動できず何もできない自分自身をごまかす為に生まれた冷笑主義の悪魔によって屈折し、まるで形の違うものになり代わっていった。それは、運動ができず道化にならなければ存在を認められないと気づき始めた頃、笑い者になる事に疲弊し学年が変わるタイミングで静かになった途端に透明人間のようになってしまった頃、自分があまりモテないと自覚し始めた頃、少しづつ周りがグレ始めてマイルドヤンキーの輪の内で、強い者に立ち向かう度胸が自分には無い事に気付いてしまった頃、自分はあまり、というより全くモテないんだという結論が出てしまった頃、東京の大学への進路希望を出した時、周りの反対や否定を押しのけられず地元の大学を半ば自暴自棄に選び直してしまった頃。頃頃と頃達が自己防衛の暴君とそれに仕える冷笑主義の悪魔を育てていった。雲はもうアイスクリームとは結びつかない。ラリーで大量の汗を掻き、びしょ濡れになった顔面で爽やかに笑うテニスサークルの高木になる。高木はゆっくり空を流れながら少しだけ縦に伸びて、笑う顔の押し付けがましさが二倍に増幅される。そこからは、そのままグングン伸びて縦に裂けてちぎれ雲となった。妄想の中で。現実の天候は穏やかで、あまり変化の無い高木流雲はそのまま笑ってる。思いっきりその顔面をはたきたい。
少しだけ意識がそれた。そのまま、高木の笑顔に意識が向いていられればよかったのに。このままでは結局、埴輪の元に俺は帰っていく。埴輪の妄想の意味や理由は自分自身よく理解していた。このように言ってみれば、至極もっともな話で、どれだけ御託を並べても結局のところは自分自身が考えたくて考えているに過ぎない。これに尽きてしまう。しかし、考えたくなくなりたいのにその方法がわからない。だから、話がややこしくなる。諦められない夢、憧れのように深く身体に纏わりついてくる。冷たい水で満たされたコップの結露のように。コップが再び纏った結露をまた指で拭っていた。
とはいえ、対処方法が完全に無い訳ではなく、純粋な妄想に仮初のゴリ押しの妄想をぶつける。そうする事によって新たな欲望の指針が別の方角を向き意識をそらす事ができる時があった。もしもこの成功率が八十パーセント程度あればもはやこの悩みは解決に至っているだろう。が、しかし、ほとんどの場合成功する事はなかった。それでもこの方法以外には、自然発生的に意識が変わっていく事を除いて、否応なく執着する純粋な妄想から免れる術はなかった。

それを始めてみる。

穏やかに雲が流れている。高木も流れている。そのわずか下では、歩道の脇に植えられた木々の葉がざわざわと揺れている。木々の葉が天然パーマを憂うように揺れて、そのざわめきは「ストパーあてたいよ〜。」と囁いている。その奥の電柱にはカラスが数羽止まっている。一羽のカラスが左足を居心地悪そうに宙に浮かせている。「この足をここに置かせてって。さっきから言うてるやん。」置き場所を見つけられないでいる左足を隣のカラスが突こうとしている。「そこはあかんて、やめてって。あかん。」それに寄り添うように並ぶもう一羽のカラスはクチバシの先に蜜柑が突き刺さっており、それを外そうと首を大きくくねらせている。「一、二、三で抜けてな。いくで。一、二、三で抜けへんがな。」その蜜柑をさらに隣のカラスは三のタイミングで器用に啄んで少しずつ食べている。「はい、一、二、三で美味しい蜜柑の味がする。」その下には虫取り網を掲げた少年がカラスを見上げていて、声をかけている。「ええか〜、キーワードは津軽海峡冬景色やで〜。あと、向こうのお父さんに会ったら、掃除、洗濯、料理、家事一通りできますって言うんやで〜。」それに一斉にカラスが答えている。「もうええて〜、もうええて〜、もうええて〜、も〜うええて。」少年は続けざまに「君らの黒々とした艶感がなあ、僕のお母ちゃんの髪の毛を思い起こさせて泣きそうになってまうんや。お母ちゃん、どこ行ってもうたんや。あかん、泣いてしまう。君らも探してくれ〜。その艶黒い毛並みに似た髪の女性や。合言葉は津軽海峡冬景色やで〜。」「探さへんて、探さへんて、探さへんて。探さへんて。」さながら、カラスのカルテット。身勝手な少年指揮者。向かい側の雑居ビルの屋上に掲示された広告に描かれた鷹はカラスらを狙っていて「カラスの皆さん。少年のお母さんは私が食べましたけどね。ちなみに少年のお父さんは私だからね。すなわち少年は広告の鷹と人間のハーフになるからね。だからなんか一般的な少年よりなんか形が平たいよね広告の板っぽいよね。クチビルというかそれクチバシだよね。」

全然あかん。

妄想がのらん。

ていうか意味わからん。

そのうえで若干イメージ引っ張られてる。俺は人差し指でその鷹を指し示してバンっと念じてみる。撃ち抜かれた鷹はよろめき、広告の平面からこぼれ落ちて路上に落ちていった。鷹は胸元がじんわりと血で滲んでぐったりと重みを増している。その上を数人が通り過ぎていく。速度の様々な人々の流れが右から左へ、左から右へ。進行方向右から左へ群の流れを大きくひきずるように老人が杖をついてゆっくり歩いてきた。程なくしてまた数人の人が軽やかに追い越していく。この老人が鷹を通り越して完全に見えなくなるまでにどれくらいの時間がかかるのだろうか。

つぶさに見るとその老人の歩き方は特殊で、右手に持った杖をわずかに前に出してから震えた右足を二段階で小刻みに出し、そこに重心と左足を引き寄せる。そのようにして老人は少しづつ前に進んでいた。老人の左ポケットからはみ出たキーホルダーがそのやや変則的なリズムに呼応するように揺れている。それはよく見ると、勾玉の形をしていた。老人の大きな動きに対して小さくせわしなく揺れるそのキーホルダーが複雑に暴れまわって、制限された体に抱えられ捕らえられたその小さく光る玉は、まるで老人の心そのものを表しているように思えた。荒ぶる勾玉から発現して、想いに追いつかない身体を脱ぎ捨てた老人の魂が先へ向かって走り始める。「魂だけが先に走っていってもまるで意味がないよね。」と言わんばかりに、イメージの魂はまた老人の身体に戻ってせかせかとしている。また我慢できなくなって身体を脱ぎ捨て走っていく。それを何度も繰り返しながら、ゆっくりと身体は確かに目的地へと向かっていく。その歩みの質量がやがて地面を押しつぶすほどに肥大化していき、地面を砕きながらいつか全速力で走り出しそうで、走り出さない。絶対的な身体の制約においても魂の形ははっきりしている。そのジレンマ。老人は私の座る席の脇のガラスに対面する形で垂直に渡された横断歩道の前で立ち止まった。その速度でこの横断歩道を渡り切れるのだろうか。一抹の不安がよぎった。

　すると一人の女性が老人の肩に手をやり話しかけた。老人は笑って、少なく言葉を返したように見えた。女性の長い髪が風に吹かれて老人の背中を撫でている。信号が青に変わって、女性は老人の肩を優しく抱えながら二人でゆっくりと歩き始める。横断歩道を渡っている間に風が強く吹いて、女性の髪がさらに巻き上がり老人の頭まで撫で始めた。女性はあまり気に留めることなく老人の足元を注視しながら時折周りを見やって歩いている。老人の背中が少しむず痒そうに見えた。髪が頭を撫でるたびに若干ピクリと震えているようにも見えた。確実に覚えのある感覚だった。何なのだろうか。髪がパサパサと身体を撫でてくるその感覚。揺れる勾玉。ノスタルジックなこの想いって、

　あれやん。

「私の髪の毛やん。フローラルの香りどう？」一瞬の隙をついて、瞬く間に戻ってきた。この妄想。あかんて、あかんて、あかんて。老人はすでに横断歩道を渡り終え、俺が座る喫茶店のテーブル席のガラスの前まで来ていた。親切な女性に礼を言い、一礼し引き返す女性を見送っている。近づいた距離に老人と目が合いそうな気がして、慌てて目をそらした。引き返した女性は虫取り網を持った少年と出会い抱き合っていた。この老人はこのまま歩みを止める事無く、目的地へたどり着くのだろう。

ふと、自分が年老いた時の事を考える。多分、年老いた自分は歩くことを早めに諦め、早々に寝たきりになるだろう。今のままでは確実にそうなる。ベッドの上で変わらない視界を眺める瞳の奥で、言い訳という名の妄想一つに支配されて、身体は動かず、それに伴って固執した意識も動かない。もう何処にも逃れられなくなって、訪れる人皆傷つけて、それで遠ざかっていく背中を必死に掴もうと手を伸ばして、やがて愛想をつかされて、その手を振り払われてベッドから落ちたまま冷たい床で息絶えていく。

ちょっと待って。それって暗すぎやん。そこまでネガティブイメージ膨らませるのってどうなん？やりすぎじゃない？逆に向き合いすぎじゃない？あまりにいきすぎて思わず自制する。でもそれだけ老人の魂の輪郭が明瞭で眩しかった。今のままじゃいけない。それだけは分かっている。今日だってそうなんだ。妄想で導き出したいつもの逃げ道を進んではならない。このままではいけないんだ。意識の風向きが代わりそうな俺は再び老人を見た。老人が喫茶店の低い生け垣を分け入りこっちに向かってきているっ。そのまま正面のガラスに手をかけた時、老人から魂が抜け出してガラスをすり抜けて俺に掴みかかった。

「ちょっと！君！このままじゃあいけないんだ！」

夜の街のど真ん中。広場を囲むように建物が乱立している。煌々と明かりのついた窓から複数の俺がこちらを見ている。「このままじゃあ、いけないんだ！」心の底面にある心象世界で俺は叫んでいた。老人の魂が重なって、気分が高潮している。街に潜むあらゆる感情の根源たる複数の俺に語りかける。「なあ。このままじゃあいけないよな。」語りかける度、あらゆる俺は扉や窓、シャッターを閉めて明かりを消していく。「そういうのうちは受け付けてないんで。ごめんあそばせ。」そう言って、少しづつ街が暗くなっていく。街がはっきりと異変を表明し始める。すると、丘の上にそびえ立つ大きな城から何かが飛んでくる。羽根の生えたその姿は、小悪魔のコスチュームプレイに興じる俺自身だった。全く怖くはないはずなのに、魂は震え上がり、慌てて逃げ出した。走り様に「キ〜エ〜！」という奇声をあげていた。それだけ動転し戦慄していた。夢中で駆け抜けて、街の外れ、森の奥へと走っていく。雑草の鋭利な葉や、枝の先で身体中を切ったり擦りむいても全然痛くない。何故なら妄想だから。妄想は心臓にのみ影響するよね。だから、速度を緩めない。悪魔は一定間隔で追ってくる。森の深く入り込んだ先に明かりが見えた。小さな家がある。急いでそこを目指し、たどり着きノックする。

「このままじゃあ、いけませんよね！」

扉が開くと、そこには高木がいた。「なんで、お前がおんねん？」テニスサークルの高木は高校からの同級生で大学も同じ、高校時代はいつも一緒にいた。でも、あいつがテニサーに所属してからは疎遠になっていた。「それは、お前が俺を羨んでるからだろ。」高木はあっさりと言う。「う、羨んでないわい。」慌てて否定する。高木は、ふ〜ん、と不満足そうな表情で俺を招き入れた。部屋の中には長テーブルとそこに向かい合うパイプ椅子が二つ。着席を促されて。二人テーブルを挟んで向かいあう。

「お前さ、ザ・ポークフェイスの一件以来ひどくなったよな。未だに引きずってんのか？」

これまで、一度も現実の高木から突っ込まれた事がなかったザ・ポークフェイスの事。言葉を失う。返事ができない。老人の魂が身体からスッと抜けて小走りで去って行く。

高二の夏、放課後、廊下で突然高木のリュックの底が破けて教科書が全部こぼれ落ちた。教科書は全部ロッカーに置いて高木は手ぶらで帰る事にした。二人で下校中、高木は言った。

「次のリュックどうしよう。」

高木は流行中のザ・ノースフェイスの四角いリュックを羨ましがる事があったので、俺はそれを勧めた。「あれはない。だってみんな持ってるだろ。全校生徒の三割はあれを使ってる。」高木は自称ファッション通で他人のコーデに嬉嬉として点数をつけたがるような奴だった。俺はそれを横で聞いては、高木をイジっていた。高木を落として笑いをとっていた。

高木は誰も持ってないリュックが欲しいと、でもそんなリュックは実用性と値段のフィルターを通した後には存在しないと。高木は頭を抱えて大袈裟に悩んだまま帰っていった。

翌日、高木はザ・ポークフェイスとアルファベットで書かれた四角いリュックを背負って学校に来た。朝の教室で高木は注目の的になった。一様に笑い。高木の勇気を賞賛し、一周回って最先端という賛辞がクラスの皆から送られた。俺はいつものように高木落としのイジりを始めた。

「ていうかポークって豚じゃなくて、豚肉の事やからね。ポークのフェイスってなんなん?ピッグならわかるけど、ピッグじゃ語呂悪いし、なんか詰め甘ないそれ?ていうかどこで買ったん?」

「雑居ビルの雑貨屋。俺にはこれしかない。まさに運命を感じたね。一切後悔してない。」

「そんな、胡散臭いのすぐ破けるやろ。」

「三千円やったからね。すぐ破けるかも。短い命でも余りある価値を見出したのよ。」

「その意気込み寒いわ〜。あ〜寒。明日から恥ずいだけやでそれ。」


「ていうかさ。」


「ていうかさ、そんな事ばっか言って、青木だって、とっても寒〜い、なんかアニメのきもいクリアファイル使ってんじゃん。いつも高木の事落としてばっかだけど、人の事言えんのか〜って影で突っ込まれてるよ。関西弁もエセっぽくて寒い。本当に関西出身なの？ハハっ。」

「ちょっと、絵里やめなって。」

「だって、いい感じに盛り上がってんのにさ、青木寒いっしょ。」

「う〜ん。」


クラスメイトの山野絵里がおもむろに一瞬の会話の間に割って入ってきて俺を名指ししてそう言い放った。山野と話していた和田梨花も、制止したものの山野に圧されて半ば同意していた。

俺は何も言い返せなかった。緊張して顔がどんどん赤くなっていく気がして、身動きが取れなくなった。

「そうだぞ、お前のあの深夜アニメのなんだっけ「キラキラプリズナー夢乃」だっけ？あれはやばい、今すぐ捨てろ。燃やせ。とか言って、俺も持ってるけどな！」高木はフォローするようにリュックからクリアファイルを取り出して、おどけて、皆を笑わせた。空気が少しだけ形を変えて元の質量に還っていく。逃げ出す事も出来ずに、ただその場で、果たしてちゃんと出来ているのかも甚だ疑わしい微妙な作り笑いをしたまま、その空気の底へゆっくりと沈んでいく。

どれだけ時間が経っただろう。チャイムが鳴る。皆が動き始めてようやく自分も動き出す事ができた。はるか長い時を耐え忍んだかのごとく身体がずっしりと重い。すれ違いざまに高木と数人のクラスメイトに肩をポンと叩かれる。決して、クラスで孤立したわけでもない。なのに、絶望感しかなかった。なぜだ。明白だった。なぜなら、山野の事が好きだったからだ。入学式の日に初めてその姿を見た日から一年以上片想いしていた。学校へ通うモチベーションの八割は山野だった。山野との初めての会話を何度もシミュレーションした、やがて有り得ない妄想として膨らんで、あらゆる展開を経て何度も妄想内で付き合った。それまでは、まだ妄想に救いがあって、それが明日、絶対に起きる事のない山野との始まりを期待させてくれていた。でも、それができなくなった。知らない事で守れていた微かな希望が、本当は分かっていた、でも知らないようにしていた救いようのない現実が山野から正式に公開された事で粉々に粉砕された。高木は俺の山野への気持ちを知っていて、それからその事に触れる事は一度もなく、まるで何事もなかったかのように振舞ってくれていた。

それ以降、俺からも山野の話を一切しなくなった。それから妄想のベクトルは他者への冷笑の増幅と自分がこれ以上傷つかない為に行動を制限するネガティブイメージに向かっていった。

「あの時、山野の事ちゃんとお前と話せば良かったな。すまん。なんか、思いやりの使い方間違った。」

「くそっ、くそっ、なんでお前さ、なんやねんマジで。俺はさ、お前をさ、今は軽蔑してるんじゃ。テニスサークルってなんやねん。ほんまにテニスしてんのか、セックスしてるだけやろうがい。群れて寒い事ばっかしやがってよ。優しすんなや。大学から冷たくしてもうてた俺が恥ずいやろがい。」

俺は高木の胸ぐらを掴んで泣いていた。

「俺はお前のその冷たさの原因の一端は自分にもあると思ってる。お前さ、明日テニスサークルに入部しろ。セックスて。それはな、お前のくだらん偏見だ。俺も周りもセックスなんかしてねえよ。というより逆にセックスしてたっていいじゃん。何がいけない？大学生だったらするだろうが。とにかく俺に一回セックスさせろや。お前はさ、マジで怖がりすぎなんだよ。お前のツッコミは面白いよ。山野の事だって、高校の頃の話でさ、やり過ぎちまう事だってあるだろう。気にするなとは言わないけど、気にし過ぎなんだよ。もういいだろ。もっと恥ずかしい思いしろや。ていうか何も恥ずかしくねえよ。俺たちなんて、まず顔面が大した事ねえ、むしろキモいだろうが、誰も俺らの事なんて見てねえんだよ。だから、なんでも好きにしろや！」

「このままじゃあ、いけないいんだ〜。」

高木の胸ぐらから手を離して大きな声で泣きながらそう叫んだ。

「お前の最近の妄想さ、別にそんなネガティブじゃあねえよ。さっきの埴輪もカラスも老人も。少しづつ自力で変わってんだろ。もうすぐ待ってる人が来るぞ。そんな閉じた状態のお前に興味持ってくれるってのは奇跡だぞ。恥かいて向き合えよな。」

「でもな、初めての恋愛が外国人てハードル高過ぎひん?えらい問題に差し当たってすぐ終わったりせんやろか?すぐに終わってまうやろ。感情読みづらい時も多々あるしな。」

「すぐに終わったら、それはそれで良いじゃん。お前も好きなんだろ。むしろ山野の時より好きなんだろ?」


全ては妄想だ。でも高木の気持ちは全部分かっていた。それに気づかないふりをして、逃げて閉ざしていただけだ。これは高木のメッセージを真正面から受け止めて暗唱したに過ぎない。高木は恥ずかしい。でも俺なんかより全然楽しんで、愛されてる。そっちのが良いだろう。また。あの時と同じ思いを味わっても、そっちのが良いだろう。そっちのが良いだろうが。


「ユウ。ユウ。ドウシタノ。オチツケヨ。」

自分の下の名前を呼ばれて振り返った。待ち合わせしていたタイからの留学生ハニイ・ワット・タヤクンが笑いながら立っていた。

「ああ、ごめん。上の空やった。て、髪の毛やってるやん。」

ハニイはテーブル席の向かいに座って、さらに微笑みかけた
「ネエ、ネエ、ワタシサア、サッキストレートパーマアテタヨ。ミテ」

「めっちゃまっすぐやな。まるで埴輪のカツラやないかい。」

「ワ、ワタシノカツラテ。ワタシノカツラテ。ワタシカツラジャアナイヨ。ストパーアテタンダヨ。ユウガス

スメテクレタンダロ。コノカミヒッパッテミテクレヨ。」

「ごめん。カツラじゃないな。あのさ、私の髪どうっ?て聞いてみて。」

「サッキカラキイテルジャナイカ。ワタシノ、カミ、ドウ?」

中村公

十代で写真に目覚める。二十歳の時、姉にこれまで撮りためた35枚の写真を見られ「あんたの写真蟹ばっかりやな。逆に蟹が写ってない二枚はなんでなん？逆に不自然やわ。」と問われ、自身の中で蟹が無自覚なものから自覚的なものに変わる。

二十代で「マクベス」に影響を受け長編戯曲「ショートコント蟹」の執筆にとりかかる。第六幕「今夜蟹の見える丘に」が某有名アーティストの楽曲に酷似しているとの指摘を友人から受け、完全に筆が止まる。

二十代の終わりに運命を始めて感じた女性「蟹沢由理恵」に出会う。三ヶ月の交際の後、蟹沢氏から別れを告げられる。

現在、その時の別れの言葉「本当にごめんね。今までありがとう。でももう無理、私カニザワじゃなくて、タニザワだよ。わざとだよね。それが無理。それ以外不満は無かったのに。じゃあね。」をタイトルにした小説を執筆中。それと並行してロックバンド「二十人」愛称「蟹」のボーカル、ギターとして活動中。

「二十人」website
http://www.nijyuuninn.com

クララ

山口優輔

白服の胸たわわなりタブララサ

おっぱいは全てを忘れさせてくれる。

夏院試時間切迫何故勃起

焦ると体が言うことをきかない

下冷えやタイツのなかのケツ締める

身も気も引き締めたくなるころ。

ブリーフの未明の湿りそぞろ寒

僕はボクサー派です。

燗酒や酌す女の手のほくろ

本当は君の顔が見たい。

立冬や乳首はかたく立ちにけり

草田男先生ごめんなさい。

冴返るとは陽性のPチェック

Pが"pregnancy"のPではないことを。

おちんこのこちんこちんとヒヤシンス

僕は息子に「クララ」と名付けました。

恥ずかしながら皆に怒られそうな句を詠んでしまいました。
ですが作品の中とはいえ露出できて僕はとても嬉しいです。
次回は研究渡航地に関連する句を詠んでみたいと思います。

京都大学大学院
アジア・アフリカ地域研究研究科
東南アジア地域研究専攻　博士過程

山口優輔

二階の窓の縫いぐるみ

西﨑幹人

洟垂れて両手にタンポポを持てり
鶯は自分の好きな庭で鳴く
ビル解体　きみどり色の換気扇
クレープを焼く　燕が空を回る
錆びたエイブルの看板　躑躅咲く
春昼の遠くにフェンス響きけり
冗舌な排水パイプ春驟雨
春の水にさらしたガムの固さかな

何故の生命と思へ春浅し

れんげ草　剥がれかけてる絆創膏

振り向けばＰＬの塔霞けり

雪柳の垣根に入ったきり

想はれてゐると想へり春の夜

春暁に爪立て休むショベルカー

春愁や庭草抜けども抜けども

行く春や首の後ろの紐がほどけず

太陽の匂ひのズボン聖五月
寝ころびしテーブル裏の静けさや
西日射す見覚えのない観覧車
夏祭りはぐれて音頭轟けり
僕だけの背景が青い似顔絵
生きてるって何だろう蟹の甲羅
セックスアピール終へし蛙の夕涼み
国道や静かに流るる夏の夜

夕暮れに無口となりし新樹かな

日焼け止め机に置いておくからね

梅雨曇り風呂のスリッパよく喋り

原付のエンジン切れば蝉初め

七月や干しっぱなしの玄関マット

アイスバー扉の取っ手とけ落ちぬ

救急車「どうもっ」と放つ日の盛り

ガラクタのふたりが歩む残暑かな

秋めくや青年は詩にルビを記し

芒原　個人て一体何なんやろう

教科書の灰色濃ゆき秋黴雨

ヘチマ二つ抱えて浮かぶ闇夜かな

上顎の凹凸撫ぜる鱗雲

質高き肉の喰ひたし天高し

威嚇する蟷螂の眼に見惚れをり

蟋蟀の鳴き続けたる雨の夜

秋の灯や二階の窓の縫いぐるみ
病床のたかが声掛けされど声掛け
赤べこの真似をしてゐる秋さみし
飼い猫の呼び声止まぬ台風圏
ハロウインの混沌を行く星月夜
替へ歌を思ひつくまま花野道
秋の夜や台本なぞる喫煙所
村祭りバスは大きく傾けり

翳りつく寿司も冷たき駐車場
ピカチューのドーナツ選ぶ冬篭り
木枯らしの帰って来たるネットカフェ
ストロングゼロ横たはる冬田道
いじめられっ子のクリスマスカクタス
リアガラスに貼られた沢山の神様
こたつ寝の母は何度も「はい」と云ひ
如何にしてここまで来たか忘れをり

兄の眼のうつろひにける御正月

誰が為に在らんと欲す冬の犬

農園のガレージ凍つるグラフィティー

白菜は鉢巻のまま朽ちてをり

左手にパワーと記し牛すき膳

テーブルの立体マスク舟のごと

外灯や霜の缶・ビン集積所

寒空に仔犬擁する背中かな

初めて俳句に触れた記憶は、あまり定かではありません。今、思い出す場面は、大学四回生の頃、雑誌『モーニング』で連載していた種田山頭火の伝記的漫画『まっすぐな道でさみしい』という作品を読んだ時です。ボンヤリと生きてきたお坊ちゃんの少年期の体験。成長する過程で社会とうまく折り合えず、挫折して行く様。その中で自由律俳句という小さな詩を紡ぎながら「生」を全うする姿が、とても美しく思えました。

十数年が経った後、詩人の河村悟さんの句集『弥勒下生』を読みました。使っている漢字が難しくて、あまり意味を理解出来なかったのですが、その日から何となくツイッターに、俳句のようなものを書くようになりました。途中やめている時期もあったのですが、シンガーソングライターの四万十川友美さんの励ましもあり、何とか続けて来られました。

その後、嵯峨実果子さんより、301 句会を紹介して頂き、より意欲的に句作に取り組むようになりました。俳句を通じて昔の友達や、新しい仲間に出会えた事を感謝しています。どうかこの活動を、とりとめのない「生」を、全うする事が出来ますように。

西崎幹人

1983 年…12 月 4 日鹿児島市生まれ。大阪府堺市に育つ。
1988 年…地元のサッカークラブに所属。当初 DF をしていたが、全体をみる視野に欠け監督に呼び出される。小５よりＧＫに転向。
1999 年…大阪府立今宮高等学校総合学科入学。一学期の中間テストにて学年最下位の成績を取り、学業への自信を無くす。
秋の文化祭のクラス劇に誘われ熱演。おもろい奴と周囲に認知され、居場所を見つける。その後、体育祭の応援団への振り付けやオリジナルのクラス歌謡劇の脚本演出を担当。素人参加型番組に出演する等して過ごす。
2002 年…京都造形芸術大学映像舞台芸術学科入学。ダンスや演劇、舞踏を学ぶ。また太道部に所属し、3 回生の時に部長となる。
2004 年…所属していた舞台制作集団「キュロッツ」の中村公らと共にロックバンド「二十人」を結成。パフォーマー兼ボーカルを務める。
2005 年…体重別太道選手権大会最優秀選手賞受賞。寺田燿児、西野純哉、増田美佳らと共に「詩人の会」を結成。不定期に自作の詩を披露し合う場を持つ。「キュロッツ」での初演出作品「GOD」上演。必修の英語の授業の出席日数が足りず、留年が決定。
2007 年…詩人の河村悟氏と共同生活開始。自宅のキッチンに「北号の菫」というスタジオを設立。定期的に舞踏の稽古や公演を行う。
2009 年…高校の友人ヨシゲの紹介を受け、えりさんと交際開始。翌年より共同生活開始。彼女の母親より保護猫を二匹譲り受け、それぞれ「リッケ」「まるちゃん」と命名。
2011 年…「二十人」の活動についていけず脱退。特別養護老人ホームにて働き始める。
2013 年…えりさんと結婚。
2015 年…介護福祉士取得。特養の厨房で働いていたマサオさんと共に音楽ユニット「なま～ずにょろにょろ」を結成。
マサオさんの自宅で練習し、美味しい晩御飯をご馳走になる。拾得の飛び入りや喫茶店でのライブ等を企画し、活動する。
2016 年…大阪狭山市に引越。認知症対応型共同介護（グループホーム）に勤務。BAZOOKA!!! 高校生 RAP 選手権の影響を受け「32 歳からのヒップホップ」を作詞。四万十川友美の難波屋イベント「ラブソングを歌う男～夏編」にて、蜂のコスチュームを着て披露。その後、ラップの録音を中村公に依頼し快諾。録音後ステーキを食べる。
2017 年…高校の同級生タダヒロの初監督作品「紹介」出演。第二十回大阪府介護支援専門員試験合格。
2018 年…301 句会入会。介護支援専門員登録。
2019 年…大阪老人福祉施設研究大会「口述発表 A：認知症ケア」部門にて優秀賞を受賞。
野良猫を三匹保護し、それぞれ「どきちゃん」「ううちゃん」「くーぴー」と命名。

理

ハリネズミと○

とある者たちへ

明日のはじまり

和田愛

理

本当の愛は地底に埋まってる掘り返さない掘り返さない

おやすみを互いに言えぬ沈黙は友達以上女房未満

『浸春』と呼ぶことにするこの関係恋してあはれ、愛してならぬ

絡まってほどけないのが正常でそうでなければきっとおかしい

金平糖溶けないように舐めれない惚れてしまった。仕方ないこと

最愛のお前をツレに会わしたらツレはお前に本気になった

明くる日も生臭い指嗅いでいる。誰かに届け！この純愛よ！

抱かれてた男がくれたマフラーを来年の冬巻くことにする

ストローを黙って共有する男まんざらでもなく見つめる女

蹴飛ばして今頃見つけた缶けりの缶から消えた無垢な情熱

真顔から口つぐめども眼からあれ、溢れてますよ稚拙とか知性

無意味など無意識に問う哲学を語り合えたら手を繋ぐ

散骨をお願いできる人探しひとり求める最低の幸

鮮やかな葛餅の中で動けない人生だったと言うのだろうか

紫が好きというより紫が似合う女でいたい願望

好きという二文字を聞ける日にはもうきっと私は地層の一部

艶然と蕩かす真っ赤な唇は息するように毒を吐いてる

去り行く背握り潰した月下美人まとわりついた香りとれずに

ハリネズミと○

割れそうなほど空気の入った心臓（ココロ）の回りを
慌ただしくハリネズミが走り回る
そんな○だった

話題などなかった耳に触るようにただ声が聞こえればそれでよかった
3時間の電話のうち2時間が沈黙でも繋がってることに意味があった
触れると痛む約束を○だと聞き間違えたのかも

割れそうなほど空気の入った心臓の回りを
ハリネズミが走り回る
そんな○だった
約束は無条件に果たされるから触れられるだけ触れていたかった
約束を守る前に目に○を焼き付ける必要があった
痛みに悶えた○は約束として全て貫くときがきた
張り裂けてしまったココロをハリネズミは食べない
どんな○だった？

とある者たちへ

この惑星で一番思い慕う者に
手が届かなくても
愛してみろよと叫びたくなる夜に
月は高く 心は深く
見えぬものに触れようとしては
無重力を知った気になるのだけれど
溺れたことがない者は溺れ方を知らず
溺れていても気づかないもの

無重力を知った気になるのだけど
無重力を知らない者なので気づきなどしない
無重力の感じ方など知らない
月は高い 心は深い

叫んでみろよ 愛したい夜に

明日のはじまりを知っている人はいない
明日のはじまりは
きっと長針と短針が真上に突き上がる瞬間からではない
明日のはじまりは
落ちた眠りから目覚める瞬間からでもない
明日のはじまりは
「今から明日です」と宣言したとしても
そこからでない気がする

明日のはじまりはどこから
明日のはじまりはどこから

始まった明日はもう明日ではない
始まった明日が今日という保証もない
今日の始まりから「これが明日だったのか」となったことはない

大体今日の始まりが分かれば
明日のはじまりもわかるだろうに

明日のはじまりを誰も教えてくれない
明日のはじまりは習えない
明日のはじまりを自分で決めていいのかもわからない

明日のはじまりを探してる
明日のはじまりを今日も探してる
明日のはじまりを明日も探すだろう
明日のはじまりは明日のはじまり

明日のはじまり

和田　愛

幼少期より芸術世界に魅入る
児童期より哲学と倫理に触れる
天使に憧れている

少年
フルハウス

植田かつじ

少年

街工場連なる街の雪解川

梅一輪置いて会社をあとにする

春画買う人と目が合う春の雨

えりあしに見とれて春のバス走る

親友に嘘をつく時梨の花

職業は主婦げんげ田へ第一歩

ぼてじゃこのあくびのように桜咲く

花吹雪移動珈琲焙煎車

春うらら車椅子のストーカー

本立てに三島もたれて昭和の日

藤の花舞楽はまえの亭主です

蚊一匹徹子の髪に入りけり

短夜の最後の客とシャワーする

漱石を開く少年南風

ホームランボールを探す草いきれ

本日の挙式キャンセル芥子の花

犯人の小道具として白日傘

馬駆ける神事の向こうかき氷

オカリナを沈める清流夏が行く

フルハウス

漬物が旨い食堂小鳥来る
指揮者だけ置いて行かれた月の演
フルハウス引いて唾飲む秋彼岸
流星が会社に落ちて解決す

朝露に真珠握っている右手

冷まじや燃やされているダンボール

唐辛子踏んでしまった舞台袖

一丸となって身売りの丹波栗

ＡＩのバス走る街桐一葉

クリスマス忘れた眼鏡取りに行く
歳の暮れ指名手配とすれ違う
看護師のくちびる触れし温め酒
人類がダンス覚えた寒月光
マフラーを失う前の六杯目

植田かつじ　一九六一年　京都市出身

長期に渡り登山に興じるもボルダリング中に滑落。右足首を骨折し三ヶ月の入院。そんな時、山仲間で俳人でもあるH氏より句会の誘いを受ける。俳句など作った事もなく迷いもあったが、特にやる事もなく、初めて句会に参加。足首は回復したが、句会が面白くどっぷりと俳句の世界にひたっている。

船団の会会員　京都駅前句会世話役

京都市在住

玉手箱

工藤恵

春

愛されていたのは鎖骨牡丹雪

白木蓮胎児が目覚めるまで待つわ

飯蛸や母の子どもが集う日の

カーナビの知らない道の夕桜

Wi-Fiを溢れる孤独風信子

キスならば今でしょ！チューリップが満開

春かなしスプーン印の角砂糖

聴診器と窓の冷たき四月尽

春の雨

ある日、美容院に行こうと家を出ると、近所に霊柩車が止まっていた。と、隣家から喪服の女性が出てくる。どうしていいかわからず、その場で立ちつくしていると、喪服の女性が話し始めた。

「この家のご主人の弟さんが亡くなったのよ。弟さん、小児麻痺でね。会ったことない？私が若い頃には一緒に住んではったけど、もう、四十年ほど前やもんね。奥さんが嫁いできて、しばらくしてから施設に入りはったわ。かわいい弟さんやったんよ。七十歳くらいで亡くなりはったんかな。見送ってあげて。家族以外に見送りがなかったら、さみしいもんね。きっと、弟さんも喜びはるわ。」

クラクション、出棺。私が玄関を出てから、十分ほどのできごと。あたたかい春の雨が降っていた。

あたたかい春雨に行く霊柩車

夏

卯の花腐し弟を貸出中

正論を語り合う会冷奴

白玉や他人のふりが上手だね

ぽかぽかと恋人殴るさくらんぼ

月涼し点字でたどる私の名

今生の別れの傍の扇風機

風鈴が鳴れば私は泣いてしまう

手花火が消えてみんなみんな闇

緑雨

　我が家の雨傘は今、三本しかない。四人家族なので、一本足りないが、まあ、なんとかなっている。

　倹約生活をしているわけではない。私が仕事帰りに急に雨が降った時にコンビニでビニール傘を買い、それを我が家の雨傘として活用しているのであるが、次女が登校時に雨が降っていると傘をさしていき、夕方、雨がやめばそのまま学校に忘れ、名前を書いていないので行方不明となり…そして、とうとう三本なのだ。

　しかし、あと三本になってからが長い。おそらく、後がないから次女も忘れないようにと、気合が入っているのだろう。

　「ビニール傘は天下の回り物」と言ったのは、会社の同僚だったかしら。私が買ったビニール傘が、世間で役に立っていることを願いつつ、しばらくは傘を買うのを控えてみよう。

　緑雨なら、少々濡れても風邪は引くまい。

テネシーワルツ緑雨を濡れて行く

秋

朝顔や地球を離れて行く火星
水の秋付箋を貼っておきたい日
焼きそばを返す二の腕天高し
二百十日ラ王がメッセージらしい
あかとんぼだからできないさかあがり
残る虫ラブホテルから元夫
梨剥けば大事なことを忘れそう
ハイテクのトイレにこもる文化の日

桜紅葉

娘が学校に通い始め、行事などで学校を訪れるようになると、ふとしたきっかけで、身体の奥底に眠っていた遥かな記憶が呼び覚まされることがある。

そのひとつに、学校の匂いがあった。

小学校は粘土の香りがする。

そのことを思い出したのは、長女が小学校に入学し、初めて行った参観日だった。五時間目の授業をしている教室には、まだほのかに給食のにおいが残っていて、そこに、子どもたちの身体、靴、ランドセル、教科書、黒板、チョークなどから発するにおいが混ざり合って、粘土のような香りを醸し出していたのだ。

ああ、これはたしかに小学校の香り。

すでに娘二人は小学校を卒業した。もう、小学校に訪問することはないかもしれない。校門脇の桜紅葉を見上げながら、しかし、娘たちと私の記憶の交差点の確かな存在を思い出していた。

桜紅葉昨日を入れる玉手箱

冬

冬銀河沢田研二からしりとり

猫舌を打ち明けていた冬日向

冬林檎のように岩波新書置く

蜜柑溢れて子どものいない村

冬の月五億年ほど眠った子

儘生きる先に水洟の私

西行きの電車で渡る冬の川

原点のように冬の蝶がある

セーター

セーターが好き。セーターという言葉が好き。かつては、また、セーターを編むことも好きだった。編み進めるうちに少しずつ姿を現してくるセーターに充足感を覚えながら、ただただ、無心に編んでゆく時間が好きだった。

いつの頃からだろう。無心になる時間が極端に減ってきた。いつも脳内に言葉を満たしている感じ。本を読んだり、考え事をしたり。そして、無心になると、次の瞬間には眠りに落ちている。これは自分自身が無心になることに耐えられなくなっているのか、あるいは無心になるための時間を持てないほど、心の余裕がなくなっているのか、どちらなのかしら。

久しぶりに毛糸を買って編み物をしたい気分だけれど、セーターなんて編み始めたら、数年はかかることだろう。

さて、どうしたものか。悩んでいるうちに、今夜も眠りに落ちてゆく。

セーターを脱いで女の形かな

プロフィール

工藤　惠（くどう　めぐみ）
1974年大阪府生まれ。団塊ジュニアど真ん中。
強みは、割り勘負けをしないこと。
2007年、次女が生後半年のときに俳句を始め、干支一回りした。

俳句をこんなにも続けるとは思ってもみなかった。
そして、俳句を続けていなければ、こんなにもたくさんの人と出会うことはなかった。
人生はわからないものだ。
ちなみに、平日はサラリーマンをやっている。

「人生はチョコレートの箱、開けてみるまでわからない。（*Life is like a box of chocolates. You never know what you're gonna get.*）」
『フォレスト・ガンプ／一期一会』より。

遡源へと降りる一瞬

石川凍夜

遡源へと降りる一瞬
熊鷹の光りて翼りゆうと落つ

雪片にまだ実力の不足気味

闖入し餓鬼やはらかに氷柱盗る

吹雪く夜闇がカラスで埋め尽くされる

ファゴットの唇曲がる冬の夜

摩周湖に思索す毬藻寒昴

凍つる身や裸子植物に似し外耳

「了つた」の貌で師走のベエトオヴェン

噓して男の頭蓋二度落ちる

冬紅葉この世はすべてレンタカー

卓球台前屈のまま春を待つ

醜態や鮟鱇のまま死んでゐる
もはやそれは氷柱とは言へぬなんだろう
冬ざるるがるるがるるる（テリア／雌）
風車死人の生きてゐるやうに
手頸から鎖骨にかけてずわい蟹
着膨れて雇用されたる場でころぶ
ぬめらぬめらつららの聲の這ふらうか

牛乳をこぼして開く白い九月

画 鋲 刺 す 穴 よ り 秋 気 出 る わ 出 る わ

リカちゃんの肩関節が二周する

羊の毛刈るといふより羽交い絞め

ナイアがるナイアがられる尿の湖

手拭ひで蟹股になる秋の風呂

海月とは貴方みたいなひとを刺す

身に入むや経常利益産むはなし

流氷液化すサハリン沖で鯱となる

雪解けて砂漠の次の日のやうに

北國の春はアディッショナルタイム

人間の皮膚落ちてゐる三日かな

雪にも始球式はあるのか　死灰

死後のこと未だ近からず除夜の鐘

長き夜を停電のなか待ってゐる

聽て鷹をカラスが追ひて春の雪

J i k o s h o k a i

と

わ

sogen

凍

夜

か

さかのぼること

歳時記

し

う

や

い

石川凍夜（いしかわとうや・俳号）１９８０年北海道生。２０代をを京都で過ごす。４年ほど前より歳時記を読み始める。タイトルの遡源（そげん）とは、おおもとまでさかのぼることの意。

おでんドローイングについて

山本真也

おでん

吾輩は全ての屋根の主である
喫煙席に近い禁煙席うらら
三人は二人と一人しゃぼん玉

動物が動物を見る春の夕

春の宵思い立ったが定休日

春の夜トムクルーズが死にかける

身体の約七割が春の水

コイン式望遠鏡の五月富士

おばさんはおじさんになります虹鱒

エマニュエル夫人と過ごす西日中

クロールで行くか平泳ぎで行くか

真実の真円也の也我鬼忌

八月の地下駐車場ゾーンF

どの骨が喉仏でしょう鰯雲

明朝体地蔵盆収支報告書

子はすべて母より生まれ星月夜

ボディータッチの多い女と秋黴雨

台風の通過する町目玉焼き

秋声や正座くずしてまた正す

秋色の京都タワーを振り回す
おとなりのトトロに栗のお裾分け
てっちりや父の命は父のもの
強いて言うならば芸術とはおでん

電球を巻きつけられた十二月

パトカーのサイレンメリークリスマス

サンタクロースの正体は俺だった

初東風や妻の名の上の我が姓

さむのむがぶになり小さなつも入る
すき焼や徐々に家族となって行く
玄帝や便座の蓋は閉めなさい

ドローイングについて

ドローイングは俳句だ。
たっぷり時間をかけるペインティングを長編小説とするならば、
といったニュアンス。
また、習作とか下絵ではなく、書や墨絵のような作品として見て
もらいたい思いも強い。

初学の頃は、モデルを大掴みにする練習として、人体クロッキーに取り組んだ。

しかし、運動性や造形性に満ちたポーズを数分で描き干すことを重ねるうち、それは手段から目的に――いかに少ない要素でいかに多くの情報を表現出来るか、の挑戦の場となって行った。

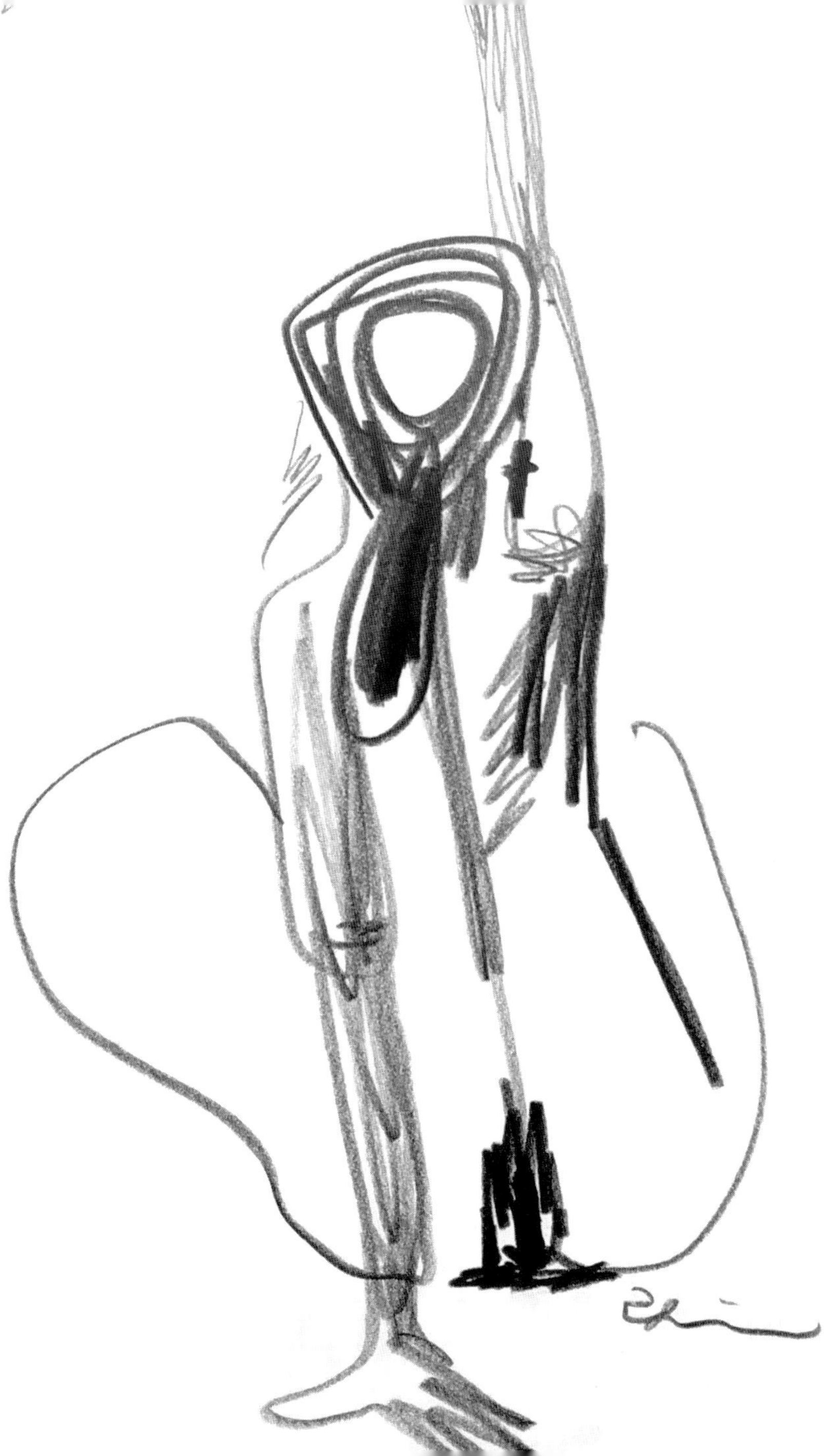

ポーズはすべて、モデルに任せる。ダンサーや役者、そうでなくても、優れたモデルは僕より遥かに身体について知っているからだ。

(三角構図が作られる…僕は描く…じゃあ、このS字はどうだ…よし、受けて立つ…)

緊迫した熱気が徐々にアトリエを包み、いつしか無言の雄弁な対話といった様相を呈する。

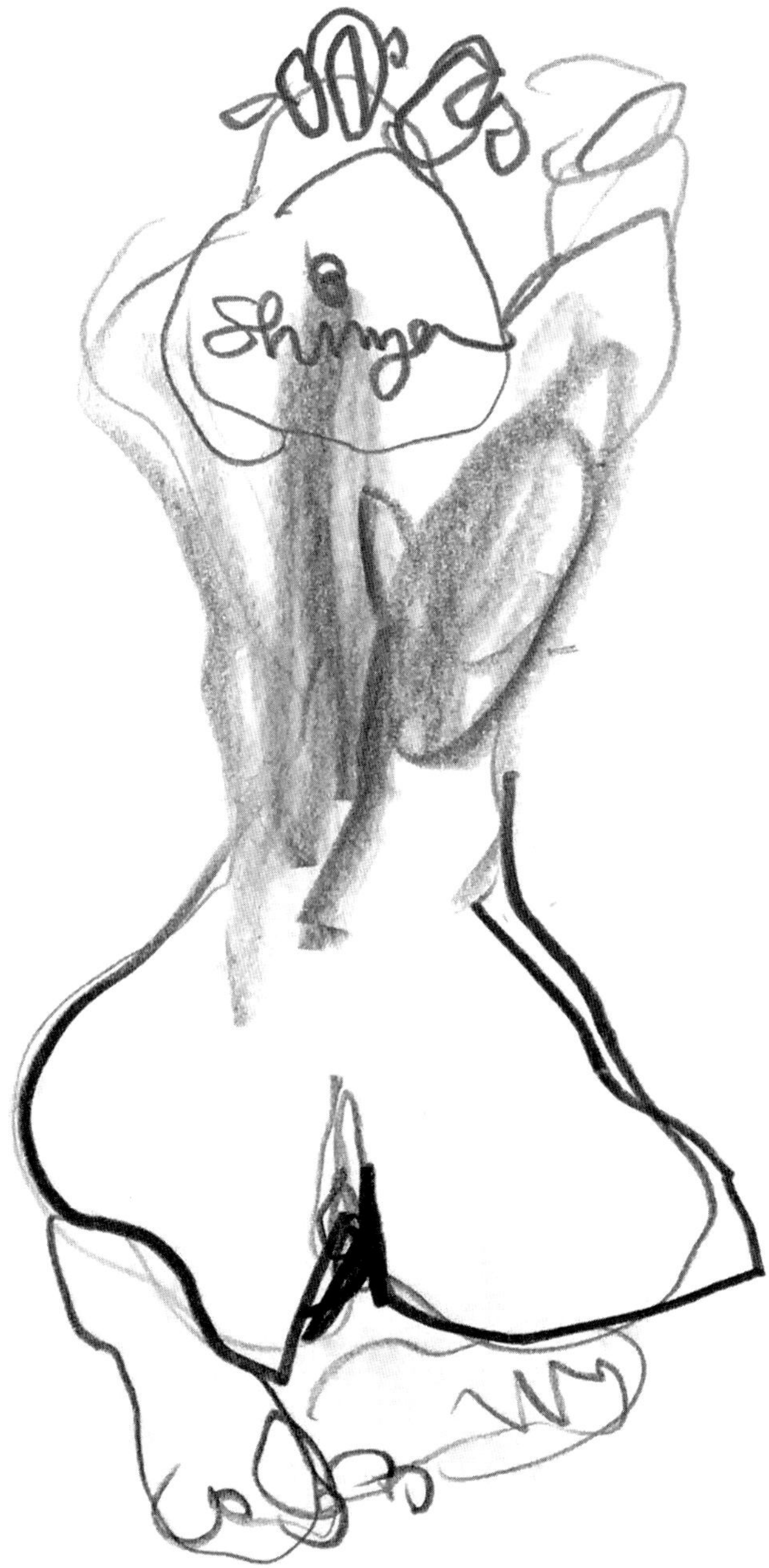
Shinya

描いていつも覚えるのは、僕が主体的に描いているというより、「描かされている、この線を引かされている」という感覚だ。共同作業のように書いたが、２：８くらいでモデルさんの仕事だと思う。

最高のポーズを取ってもらった瞬間、最高の絵の出来る予感に震える。気負い過ぎて、そこで失敗することも多いのだが…則天去私。

モデルと僕とその日の何やらが噛み合い、本当に過不足の無い絵が現れるのは、数百枚に一つ。

何千、何万の線を引くのは、会心のその一本のため。

ドローイングは第二芸術ではない。

僕は俳句を詠み、俳句のような線を求める。

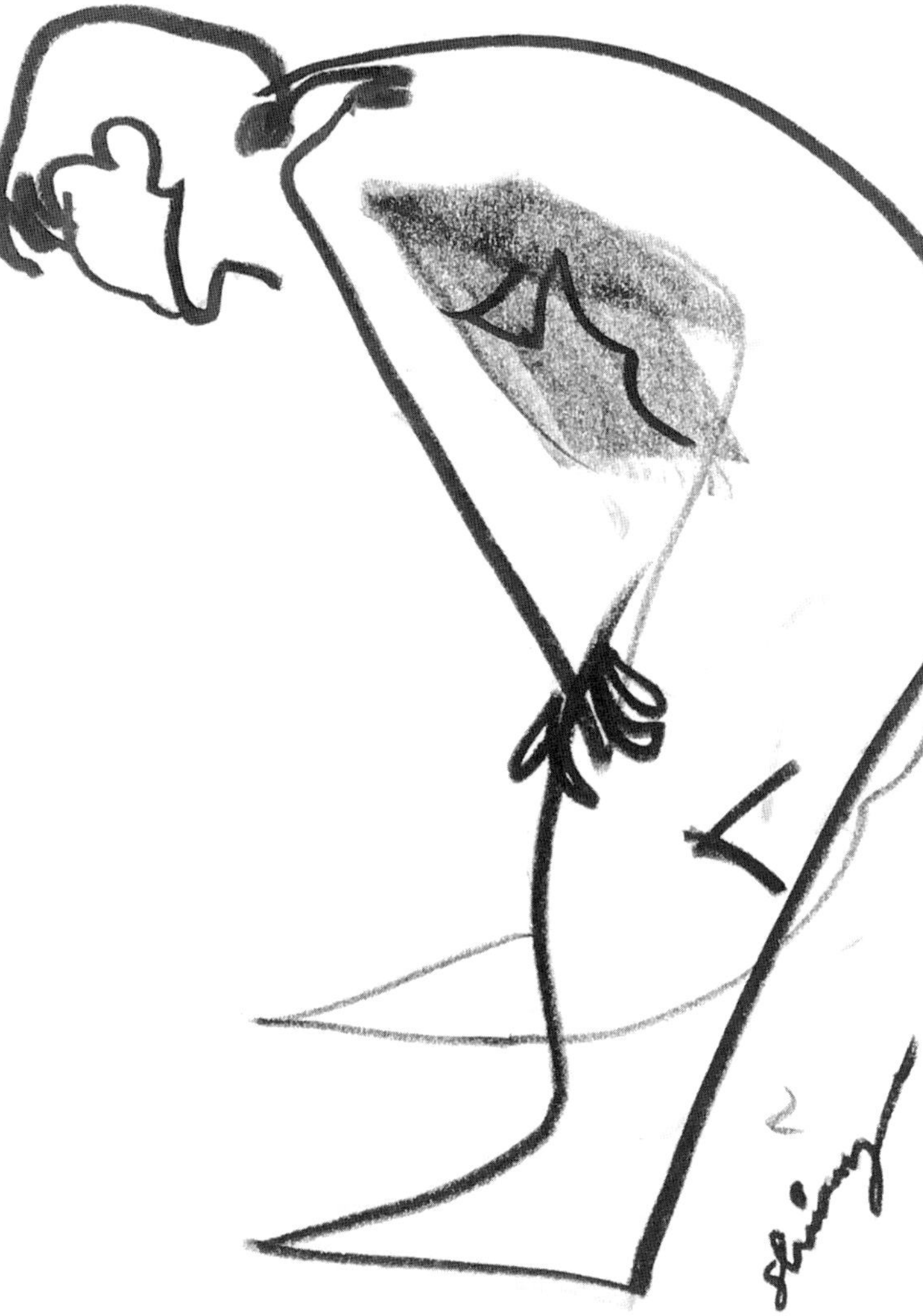

山本 真也（やまもと しんや）

1978年 芸術に縁遠い家庭に生まれる。

2001年 語学勉強のため、フランスへ。父に「まさか画家になって帰って来るなよ」と見送られる。

2003年 画家になる決意をして帰国。サウナの中でその思いを告白し、父に二種類の汗を掻かせる。ルーヴルで見たアングルが絵画における原体験だったこと、最初に描いたモチーフが友人に連れられて行ったクロッキー会のモデルさんだったこと、しかもエマニュエル夫人に似ていたこと等から、人間を中心に描く。

2006年 京都大学文学部フランス語学フランス文学専修卒業。

2009年 初個展（@京都・ギャラリーヒルゲート）以降、定期的に個展・グループ展。

2016年 魔が差して俳句を始める。
個展『UNDER THE BLACKSTAR』（@京都・ギャラリー知）でデヴィッド・ボウイ追悼。

2017年 多ジャンルのメンバーが集い「301」結成、『301』創刊号発行。
個展『絵画言語』（@京都・ギャラリー知）で抽象画を発表、俳句の影響かも。

2019年 双樹会展─関西美術院の作家─岡本匡史・山本真也（@京都・アートギャラリー博宝堂）

現在 ライフドローイングスクール・アトリエ ROJUE 講師、「氷室」「船団」会員
ブログ「VOICELESS CONVERSATIONS」http://croquishinya.blog31.fc2.com

余命

福田将矢

「癌細胞」「転移」の声がこだまする 短い電話いのちの電話

昨日まで不調のことは知らずして連絡とらぬ不孝を悔やむ

バス降りていつもの駅前ロータリー よく知る人は迎えに来ない

来んくてもよかとに、ぽろりとこぼしつつそれでも嬉しそうな横顔

にこにこと手術の跡を見せてくる母にお土産おまもり三つ

伝えるか伝えるまいか真実を笑顔の奥で噛み殺しつつ

――八月十四日（火） その日もいつもと同じように一日が始まり、一日が終わるはずだった。

モニターにCTスキャンの黒い影 転移してますと一言に言う

大丈夫 信じてあなたが思うよりあなたの母は強い人だから

「後悔はない、ただ子供が心配で」カーテン越しの本音は遠く

少しだけ一人にさせて、我が母は涙の跡を隠さず笑う

一ヵ月 余命宣告された夜も母は自分で髪を乾かす

一日の終わりはみんな平等に末期癌の母にもやってくる

——八月二十五日（土） 親に余命を伝えるというクソみたいな一日。

弁当は全て手作りしてくれた母へと今日も手作りジュース

痩せた手で学会ポスター広げ言う 壁に貼ろうか自慢しなきゃね！

母そっと息子の頭に手をのせる 癌病棟の薄日の中で

真夜中に「痛い」小さなメッセージ 何もできない僕を許して

憎しみが凶器のように顔を出す最愛の人を蝕む腫瘍

秋暮れのアナウンス今日もまた少し母との時間減ってしまった

——九月二十七日（月） がんの専門病院に転院。この頃から食事が喉を通らなくなる。

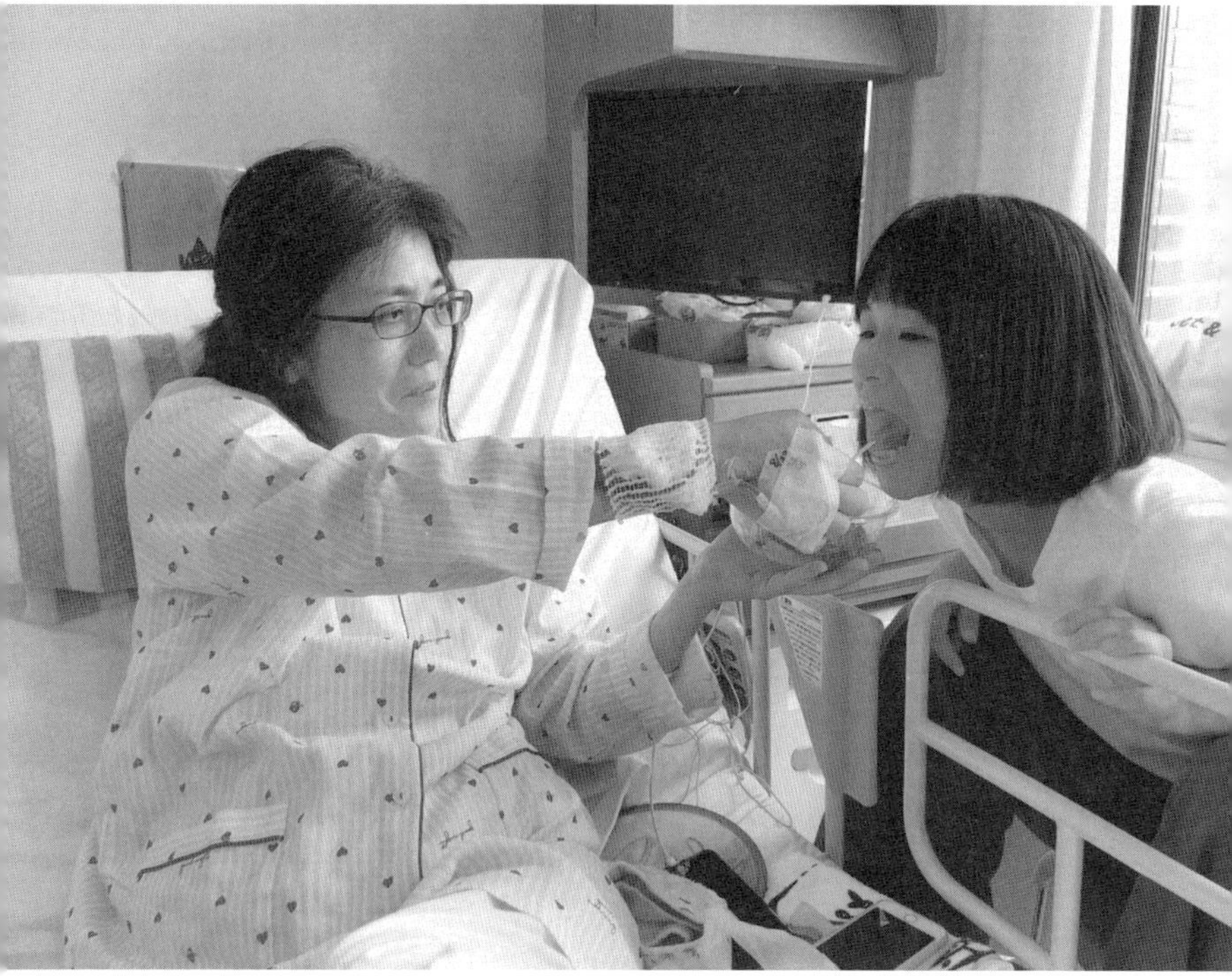

母生かす点滴の雫また落ちて一寸先が見えない恐怖

耳元でビデオレターを流してる届いてますか癌細胞にも

一度だけ母を泣かせたあの夜のごめんが言えず一生言えず

温かさ失う母の手を握る子供のころからよく知るこの手

研究も捨てて過ごしたこの日々が、母との時間が宝物だった

十月の空は寂しく晴れ渡り未来にあなたは生きていますか

――十月十二日（金）京都の下宿にて電話がかかってくる。よく知る看護師さんからであった。

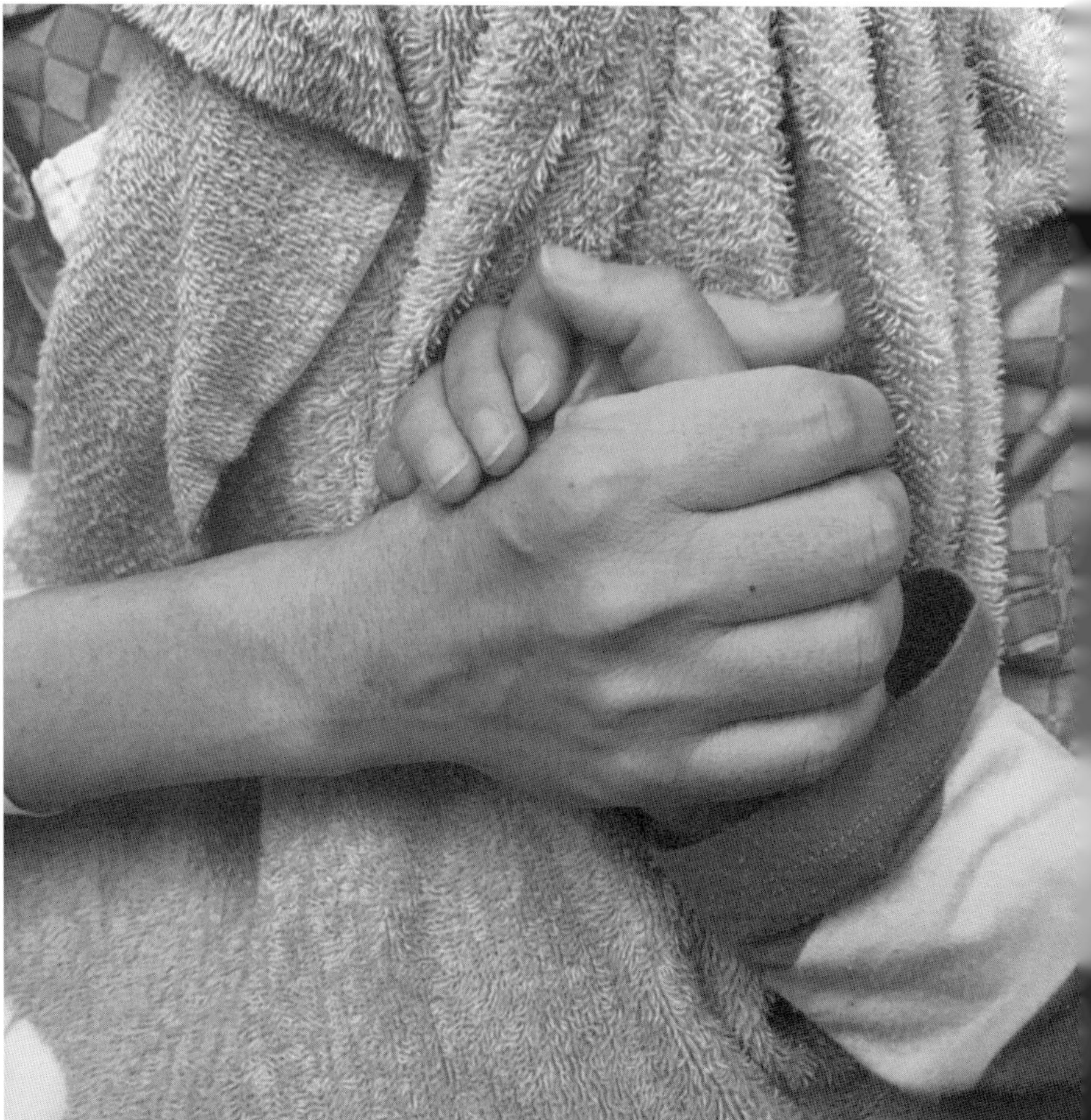

母よ、ありがとう。

福田将矢（ふくだまさや）

一九九三年長崎県生まれ。幼少時は牛乳、卵、魚、海老、蕎麦、一部の果物など様々な食べ物にアレルギーを持っており、給食はいつも母親の手作り弁当だった。十三歳の時にチョコレート、十五歳の時にマヨネーズ、二十歳の時に寿司を初めて食べてその味に感動する。

幼いころから動物が好きで、いろんな生き物に変身したいという夢を抱いていた。大学に入り色々な分野の友人と触れ合う中で、のちに人生を狂わせることとなるヘビという存在と出会う。現在は京都大学大学院理学研究科でヘビの行動について研究している。今の夢はヘビになること。いろいろな生き物の俳句を詠んだり、写真を撮ったりすることが趣味。

昨年、最愛の母を子宮体癌によって亡くす。享年五一歳

初日待つ白髪の増へし母と待つ　（二〇一八年・新年）

俳句　抒
俳句　哲
俳句　片
短歌　驍
詩　巡霊
詩　生きる場所

宇都宮さとる

俳句　抒

今日ひと日山の辺にいて花の露

春風にのせ寂寥という花言葉

しんしんと吸いたきは鞦韆の風

病棟より屋根それぞれに花の色

朝焼けの空白みゆき蕗の薹

雲のもと花鎮まりぬ鳶一羽

春雪の窓明かりふと母のいる

晩春見渡せばはらはらと聴こえたような

白南風や浮かれて遠く海渡る

夕暮れて新樹重なるすべもなく

俳句　哲

花の頃にわかに哲理は沈潜す

百千鳥整数の仮説がかわいい

平面×立体の春キャベツ

石榴落ち乳房の定理崩れおり

月の客記号の体系を暈かす

パラダイムから受容へと蚯蚓鳴く
レトリックの枯葉ひらりと逆さま
存在非存在問わば山笑う
ジューンブライド虚偽のエクリチュール
姫始め言語ゲームの終焉す

俳句 片

ここからは地獄の沙汰もすみれ草

言っとくがヒロちゃんの豆ごはん○

つつがなく父ともどもにマムシ酒

どうかしてるぜ冷奴の色仕掛け

つかの間の逢瀬でしたがはったい粉

きっとつながっているよ根昆布拾う
紅葉且つ散るにっぽんがヤバイよ
差し出がましいようですが秋惜しむ
あなたのためにおでん煮るなーんちゃって
我鍋に蓋とじぬまま初日の出

短歌　驍

巫女（シャーマン）の白き肉喰う白狼よ静かに滾れ
静かに眠れ

彷徨える心届かん驍空へ廃墟の町
の遊女悲しき

古寺の朽ちし階幽鬼住む雷雨の
ごとき嗚咽聴こゆる

山の端に隠れて眠る傀儡人魔物の執着
虚無に漂ふ

渾身の溜息如何に流離せん果てしなき
夜の果てしなき怨

緩慢な悟性の中で夏兆す滑稽と醜悪
が寄り添ひ

不遜なる我が屍を野晒しに精霊の森
香気溢れて

月なき夜矩形の痩せ馬丘に立つ索漠のなか
嘶き果つる

―― 詩　巡霊

玄妙なる寂寥に包まれ闇を跋扈する一匹の怨霊、
門跡の前に立ち止まり咆哮す、
念仏の大音声は一瞬途絶え咆哮だけが響き渡り、
やがて秘曲となり発心へと系譜を辿る、

荒涼索漠の世に現れた自由狼藉の徒よ、
静寂という荒びに身を委ね言の葉に縋る縁を露呈し、
怨霊が残せし慰みごとの秘曲の物語が此処に始まる、
千年の戦乱の世に余情の圓光に準え、
彼が栄華を貪り幽鬼と友誼を分かちし不埒者の生き様を見よ、
将にその無聊なる束縛から飛翔せんとす有情の稀人なりと、

さて怨霊の正躰や如何に、
無心なる花伝に生きる藝能者にあらず、
不立文字の遊戯に身を置く数寄者にあらず、
谿聲に対峙し面授なる正法を相嗣する沙弥にあらず、
夏炉冬扇の虚に泳ぐ戯言人にあらず、
況してや、面妖かつ驕慢非道なる天下人にあらず、

然らば其の正躰は如何に、
市井に鎮まる数知れぬ身命の瓦礫なりと、
一匹の怨霊曰く、咆哮は渾身の溜息なりと、
やがて永久に届かぬ身命の精神の彷徨う行先は、
諸佛萬法を超えて虚空へと連結し幾千年も後継すと。

——詩　生きる場所

そこは大きな場所ではない
ごくごく小さな場所なのである

商店街の露地を曲がると
昔懐かしいコロッケ屋
その向かいにたこ焼き屋
コロッケ一個二十円、たこ焼き十個百円

いずれも小さなおじさんとおばさんが店主
いずれも小さな味なのだが大きくおいしい
時折り大きな街に出て大きなコロッケやたこ焼きを食べるが
大きく高くて小さくおいしい

商店街に戻ると小さな本屋
小さな本が並んでいる
大きな本は決していらない。
文庫本で短編推理小説集を買う

隣は小さな喫茶店
そこで小さな時間を過ごす
大きなため息をすると
マスターが小さな微笑みを返す

周りの世界はどんどん小さくなっていくが
心はどんどん大きくなっていく
そして反対に得体のしれない大きな塊が
どんどん小さくなっていく
そこはごくごく小さな僕の生きる場所なのである

宇都宮さとる・自己紹介

現在・いま最もウレテイルいるハイジンとして創作活動中。暇つぶしに、会社経営。

生誕地・京都・西木屋町。

年齢・不詳だが老人。

人相・自称、眼鏡をかけた二枚目。

趣味・酒、グルメ、〇〇〇遊び、ゴルフ、賭け事、俳句、短歌、現代詩。だが、ほとんどが休憩中。

罹っている医院・心臓内科、消化器内科、耳鼻科、整形外科、眼科、泌尿科、歯科、隠れて整体院。

モットー・死ぬまでは生きる。

資格・なし。車の免許書もなし。返上しなくていい。

友人・昨年無二の親友を亡くした。多くの俳句仲間。

詩歌・遊んで、荒んで、遊んで、「すさぶ」。その行き着く先が面白い。

最後に・14ページみんな読んでいただきありがとう。

フランス語的観点からの「柿食えば…」考察

平光文乃

「柿食えば鐘が鳴るなり法隆寺」は、言わずと知れた子規の一句であるが、その柿がどのような形態か、考えたことがあるだろうか。丸ごと?鉢に盛られた沢山の柿?それとも、皮をむかれ四等分に切られた柿?

どうでもいい、という声が聞こえてきそうである。そもそも、そうした情景を読む人の想像に託すことができるのが、俳句の良さだと。しかし、私がなぜこの問いを立てたかというと、この句をフランス語に訳したらどうなるかを考えたからである。フランス文学の研究傍らフランス語を大学で教えて十年近く、外からの視点によって自国の文化、特徴に改めて気づかされる、というのは月並みながら、日々痛感する事実である。

そこで先の問いに戻る。というのも、上述した柿の三形態によって、それぞれフランス語の冠詞が異なると考えられるからである。一つなら「un」、沢山（複数なら）「des」。ここまでは、英語でもさして変わりない。しかし、フランス語にはさらに、数えられない、ある分量を表す部分冠詞「du」が存在する（切った柿ならば「du」？）。

このように、フランス語では、名詞を持ち出したときに、必ずその数量が問われる。一つか、複数か、分量（数えられない場合）かである。日本語の場合それは言葉では明らかにされず、文脈や社会的通念などに依存し、また受容者の解釈に委ねられる。

漠然と「柿食えば」と言えないのがフランス語である。「明晰ならざるものはフランス語にあらず」ではないが、フランス語は数量にうるさく、日本語はそれに無頓着であるように思われる。

さて、私の素朴かつ直感的な解釈は、ある男が奈良逍遥の折、おもむろに袂から一つの柿を取り出し、がぶりと皮ごと食いついたところで、法隆寺からの鐘が聞こえてきた（ああ、奈良らしいなぁ…）、というものである。とすれば、「un kaki」である（約十年前の私の体験では、フランスのスーパーでも日本の柿は《kaki》として売られていた）。

しかし、この句の解釈を調べたところ、興味深い考察を掲載したブログがあった（「Haiku in English on Sunday (163)　柿食えば鐘が鳴るなり法隆寺」）。

私の目を引いたのは、子規が「ほとゝぎす」に載せた「御所柿を食ひし事」という随筆である。以下、同雑誌より引用する。

「或夜夕飯も過ぎて後、宿屋の下女にまだ御所柿は食えまいかといふと、もうありますといふ。余は國を出てから、十年程の間御所柿を食つた事がないので非常に*恋しかつたから、早速澤山持て*来いと命じた。やがて下女は直*径一尺五寸もありさうな錦手の大丼鉢に山の如く柿を盛て*来た。流石柿好きの余も驚いた。それから下女は余の*為に庖丁を取て柿をむいでくれる様子である。（中略）やがて柿はむけた。

余は其を食ふてゐると彼は更に他の柿をむいでゐる。柿も旨い。場所もいゝ。余はうつとりとしているとボーンといふ釣鐘の音が一つ聞こえた。彼女は、オヤ初夜が鳴るといふて尚柿をむきつゞけてゐる。（中略）あれはどこの鐘かと聞くと、東大寺の大釣鐘が初夜を打つのであるといふ。（以下略）」（*の漢字は原文では旧仮名遣い。「ほとゝぎす」第四巻第七号、14－15頁、1901年4月。）

このエピソードを読めば、子規が柿を食べているときに、鐘を聞いたのが実際には東大寺の鐘であったことが推測される。子規はより古色を帯びた法隆寺の方が奈良の情景にふさわしいと思ったのであろう。

そして私の関心事である、柿の形態についても言及されている。「錦手の大丼鉢に山の如く」盛られた柿を前に「やがて柿はむけた」、である。しかし、この「むけた」にも解釈の余地が残る。一個を丸のまま、リンゴの皮向きのようにむいたのか、四つ割りにして、むいたのか。

一つなら、長い考察の後も解釈は変わらず柿は一つ、「un kaki」となり、先の句のフランス語訳は以下のようになる。

En mangeant un kaki,

la cloche a sonné au temple Horuji.

しかし、フランス人は普通リンゴなどを皮のまま丸ごとかじることを考えれば、「un kaki」は皮のついたまるごと一個とも考えられ、むいてある柿は「du kaki」と考えられなくもない。とすれば、仏訳は以下。

En mangeant du kaki,
la cloche a sonné au temple Horuji.

ちなみに先のブログの英訳は

Eeating persimmons
The belle tolled
Horyuji temple

であった。柿は複数形である。鉢の柿を念頭に置いたものであろうが、先の逸話によれば、やはり食べている柿に着目し、「un」か「du」がふさわしいように思う。

追記：ここまで書いてなんだが、フランス人の友人によれば「du」も言えるが、自分は丸ごとでなくとも「un」と言うであろうとのことである。思考実験の果てに至ったのは平凡な結論か。フランス語で「un」と言っても、柿の形態には想像の余地が生じるという発見か。

平光　文乃

フランス文学研究者
（マルセル・プルースト）
フランス語非常勤講師
（神戸大学他）

３０１第二作品集の副題「ダダダダダウッピー」は、２０１９年５月６日開催の第１２回３０１ワークショップ「歌詞を書いてみよう」から生まれた。ミュージシャンの中村公が作編曲した楽曲に、参加者が歌詞を付けるという企画だったが、同じサウンドからこうも違う言葉が紡ぎ出されるものかと驚かされた。宇都宮さとるが企画の趣旨を無視し、曲と全く関係ない詞を持って来たため、止むを得ず、中村公がギターを掻き鳴らし、和田愛が即興のメロディーで歌ったのだが、これが存外耳に残るナンバーだったので、この一年を総括する今作品集のタイトルとしたのである。

ニッポンの子守歌　作詞／宇都宮さとる　作曲／和田愛　編曲／中村公

ダダダダウッピー
ダダダダウッピー
リズムに乗って
ダダダダウッピー
ダダダダウッピー
ララバイララバイ
ヒミコの声が聞こえる
リズムに乗って
ダダダダウッピー

ダダダダウッピー
ララバイララバイ
太古の息吹がララバイに乗って
ダダダダウッピー
ダダダダウッピー
ララバイララバイ
天地がさかさまになる前
ダダダダウッピー
ダダダダウッピー
ララバイララバイ
さばだばぢゅびぶぢゅびぢゅだやや
しゃだばだばだ
ララバイララバイ
ダダダダウッピー
ダダダダウッピー
ウッピー　アー
母の乳房にダダダダウッピー
ダダダダウッピー
ララバイララバイ

301は、作品集の出版と並行し、メンバーそれぞれの強みを活かした公開ワークショップを定期的に開催している。

今後のスケジュール・活動のアーカイヴは以下のQRコードから。https://workshop301.amebaownd.com

301へのご意見・お問い合わせ
workshop301@outlook.comまで

301 vol.2 ダダダダウッピー

2019年12月23日 初版発行

著　　者：301

発 行 者：松山たかし
発 行 所：株式会社シンラ　象の森書房
〒530-0005 大阪市北区中之島3-5-14 LR中之島8F
Tel.06-6131-5781
E-mail : zonomori@shinla.co.jp
印刷・製本：(有) オフィス泰

ISBN 978-4-909541-05-5